YUAN NI SOUDE
JIE SUOYUAN
SUOSHI YI WUHAN

愿你所得皆所愿，所失亦无憾

二璐 著

百花洲文艺出版社
BAIHUAZHOU LITERATURE AND ART PRESS

图书在版编目（CIP）数据

愿你所得皆所愿，所失亦无憾 / 二璐著. -- 南昌：百花洲文艺出版社，2019.7

ISBN 978-7-5500-3298-9

Ⅰ.①愿…　Ⅱ.①二…　Ⅲ.①散文集－中国－当代　Ⅳ.①I267

中国版本图书馆CIP数据核字（2019）第139558号

愿你所得皆所愿，所失亦无憾

二璐　著

责任编辑	蔡央扬
封面设计	飞扬设计
出版发行	百花洲文艺出版社
社　　址	南昌市红谷滩新区世贸路898号博能中心A座20楼
邮　　编	330038
经　　销	全国新华书店
印　　刷	三河市兴达印务有限公司
开　　本	880mm×1230mm　1/32　　印张　7.5
字　　数	160千字
版　　次	2019年11月第1版第1次印刷
书　　号	ISBN 978-7-5500-3298-9
定　　价	42.00元

赣版权登字：05-2019-162

网址　http://www.bhzwy.com

图书若有印装错误，影响阅读，可向承印厂联系调换。

自　序

愿你出走半生，归来仍是少年

落笔之前，想过用很多方式表达内心的话语，可是想告诉你们的事情太多，又不知道从何说起了。

现在是2018年6月10日下午4点，我窝在北京的出租屋里为自己的新书写序。窗外偶尔传来飞机掠过的声音，和着周围高分贝的吵架声，让我觉得这样子才叫生活，而不只是活着。

我是1994年生人，在过去的二十三年里，我去过很多地方，码过不少字，听过不少的人和故事。

每一段悲欢离合中，都藏着每个人难以言说的过往。

故事中的人们如今可能已经结婚生子，可能早已远去他乡。但我相信，无论何时、何地，他们散落在世界的哪个角落，内心最深处一定还刻着当年走过的日子。

柴米油盐酱醋茶埋没不了一个人想去的诗和远方，生活中的苟且也不能成为夺取你笑容的借口。

任何时候，我们都要学会凭借自己，活成心目中理想的模样。

有人曾说，全世界找不出完全相同的两片树叶。

的确。

上天给予每个人最大的恩惠就是授予他们独一无二的权利，比如相似却不一样的面庞，比如相近却不相同的命运，比如相像却有差异的性格。

但在这里你会找到这世界上另外一个你，你们会出生在不同的家庭，接受不同的教育，经历不同的事情，遇到不同的人。

命运是一个非常奇怪的东西，它会在短时间内迅速把人分为三六九等，于是有人因为钱恋爱了，有人因为权嫁人了，有人还在等待爱情。有人刚刚走出阴霾，有人还在祈祷，有人为了梦想选择远离故乡，有人觉得人生贵在安稳。

我们无法评判每个人的选择是对是错，因为选择本身就没有错误。

我们的生活，本就是颜色各异，但又是千疮百孔。每个人都需要在这个大染缸里走一圈，体味其中的五味杂陈。

嘿，少年，不管多少年后再相见，都真心地愿你出走半生，归来仍是少年。

目　录

后来，我喜欢的人刚好都是你的模样

那些咬牙死撑的岁月里，
藏着你最美的模样

那些父母眼中的英雄，
在北上广深活得也卑微

后来，我喜欢的人刚好都是你的模样

后来，你长发终于及了腰，
后来，你终于买了车，有了房，
而那个在你生命中刻下印记，
教会你如何深爱的人却不在了。

后来，我喜欢的人刚好都是你的模样

我喜欢的人，全部是你的模样

01

18岁，你爱上了一个男生
掏心掏肺地想要和他白头偕老
那时候之所以对他好
不是因为他有房有车
而是，他刚好长成了你喜欢的模样

02

23岁，你遇上了另外一个人
在太阳下，笑起来的时候
好像他打完篮球
冲你微微上扬嘴角
你说
能再次遇上他，真好

03

27岁，你坐在百人相亲的现场
将身家收入全部写在纸上
你看着对面不断轮回的脸庞
冷若冰霜
挑剔的话经过耳旁
每一句都在说着
岁月改变了你的容貌

04

30岁，你有了自己的宝宝
只有在拥她入怀的时候
你的眼睛里才会有光
你觉得
她是你未来，全部的希望

05

35岁，你发现了老公的异样
他的手机开始上锁

看着你的目光也开始躲躲藏藏

你心领神会地一笑

然后，和往常一样上班化妆

06

40岁，你的生活越来越好

穿的衣服从几百变成了几千

老公回家的日子也从一周一天变成了一个月一天

你面无表情

觉得给钱就好

07

50岁，家里破了产

为了还债

你们从别墅搬到了平房

你看着老公整日唉声叹气的样子

内心平稳地吃着每一口粗粮

08

55岁，女儿恋爱了

她满脸洋溢的幸福

让你嫉妒又羡慕

也好

你做不到的事情，让她来帮忙

09

70岁，你躺在病床上

突然想起

18岁那年，自己羞羞答答牵起的男生

想起和他，说要一起步入婚礼的殿堂

每个人都曾经历过一段刻骨铭心的爱情，也许是在18岁，也许是在25岁，也许是在30多岁。

他们毫无预兆地闯进你的生活里，再一声不响地离开。你留下的除了回忆，还有埋藏在心底不能说的喜欢。

日子总要往前走，你也会嫁人生子或者娶妻生子，与平常人无异。但那个人依然会在你心中占有一个温暖的角落，像冬天洒满一地的阳光。

为什么我们越来越不会爱了？

> 喜欢是一件不会计较的事情。

01

半夜，收到读者的私信，后台百余字的留言中，每个标点符号都透露着悲伤。

她说，不知道为何，自己越长大，越成熟，反而越不知道该如何去爱一个人。

确实。

小时候总是能轻而易举地喜欢上一个人，也总是能够感受到心脏像小鹿一样活蹦乱跳。

那时候的我们，虽然偶尔也会不知天高地厚地自傲，但更多的时候，面对喜欢的人，投去的都是崇拜的目光。

喜欢是一件不会计较的事情。

也许，打动你内心的只是他坐在你前方的回眸一笑；也许，打动你内心的只是他打篮球时帅气的身影；也许，打动你内心的只是他某次为了你与全班为敌。

有人曾说，年少时期的喜欢你，不是因为你有房有车，而是因为那天阳光很好，你刚好穿了一件我爱的白衬衫而已。

那个年纪的爱恋，总是保持着若近若远的距离。

十八九岁的你，会为了看到某个人的身影跑遍一整座学校，会一次次制造各种漫不经心的偶遇。

在无数次目光碰撞的日子里，埋藏着你们对彼此的爱意。

你说，这辈子非他不嫁，而他也曾说过这辈子非你不娶。

你在和他牵手逛街遛弯的时候，就已经想到了以后白头偕老的样子。

可世间所有的事情，都不能尽如人意。在经历过重重阻碍之后，理想化的爱情还是夭折在通往婚姻的道路上。

于是后来，重新回归单身的你面对婚恋市场的等价交换，哭笑不得。

每每坐在相亲市场的时候，你才会知道爱无能不是说说而已。

02

我也曾喜欢过一个人。

感情炽热的时期，也曾跑遍整个成都为他买喜欢的礼物，也曾想过为了他与全世界为敌。

大学四年，他是我喜怒哀乐的催化剂。我喜欢看他笑起来脸上的两个小酒窝，喜欢看他放荡不羁爱自由的样子，甚至连他跑调的歌声在我眼里都显得可爱无比。

后来，我们因为种种原因没了联系，活成了停留在彼此记忆中的样子。

有人曾说，如果你经历过一次撕心裂肺的爱情，就应该知道，掏心掏肺对别人好的爱情，这辈子只有一次。

深以为然。

从那以后，令我心动的人或多或少都残留着他的影子。但和与他在一起时相比，我不再是那个傻乎乎的女孩。

不知为何，之后经历的几段感情，竟莫名其妙地开始计较得失，开始计算付出与得到究竟成不成正比。

长大后，我们变得更聪明，也更落寞。

当婚姻和爱情变得越来越功利，恋爱本质也就自然而然变得没有意义。车与房所占的比例，占据了婚姻的绝大部分，也打磨了我们再度去爱的勇气。

后来，嫁娶良好的定义则是彼此看起来不讨厌而已。

03

从《奇葩说》走出来的姜思达曾亲身体验过婚恋市场上的爱情。

北京某个公园内，他坐在石凳上，举着的牌子上写满了自己的“硬件设施”：毕业院校、身高、体重以及房车和工资。

纸牌子上林林总总的黑字，却唯独少了爱。

有时候，不得不承认，在大多数人眼中，只要是钱能到位，谈感觉和爱都是扯淡。

这里无人有暇顾及你是不是三观正、是不是人品好，纸上的每一个等待相亲的人都在被人来人往地审阅，然后听着那些言不由衷的赞美。

现在社会，婚姻越来越成为一种交易所，适婚男女对择偶的条件越来越固化，很多人都恨不得拿出全部的身家与砝码，以便筹得利益的最大化。

商业交易不存在爱情，这就是为什么我们越来越不会爱的原因。

当我们为结婚的彩礼撕扯挣扎，当我们为了房车上的名字而绞尽脑汁，当我们为了对方的资产而斤斤计较，当年那个愿意为了某个人跑几条街的人，并没有活在当下。

某个“大V”曾说，未来的日子那么长，和一个不爱的人结婚，一分一秒都是煎熬。

很多时候，并不是我们缺失了爱人的能力，而是在追逐物质的时候选择性地将它隐藏起来罢了。

喂，我们都要重新学习爱一个人，就像十八九岁那年夏天，那个捧着玫瑰花站在阳光下傻笑的少年。

答应我，总有一天，你会像一个小孩一样去爱。

28岁，假装爱你

很多时候，不是我们真的爱，
而是逼迫自己假装爱。

01

28岁，是女人的一道分水岭。

无论你是在三线开外的县城，还是在高楼林立的北上广深，一旦你过了28岁，就瞬间变成了婚介市场上等待人挑选的“打折商品”，还是折上折的那种。

因此，那些在28岁之前“脱单”的女人，就像是抓住了一根救命稻草，无论经历多么难挨的事情，都会选择隐忍，选择与恋爱几年甚至几个月的男人，佯装幸福地走进婚礼的殿堂。

只不过，在那些酒杯碰撞与喝彩声中，鲜少有人知道，台上那个美若天仙的新娘的笑容里，究竟有多少将就，那些朋友圈晒出的幸福中，又掺杂了多少的水分。

很多时候，不是我们真的爱，而是逼迫自己假装爱。

到了一定的年纪，谈了一个各方面条件还说得过去的男朋友，就开始通过不断地高调秀恩爱，来麻痹自己不爱的事实。

好像如此一来，日子久了不爱也就变成爱了。

有人曾说，一个人缺什么，他就会晒什么。

确实。

我们常常喜欢用浮夸的方式来隐藏自己的自卑和短板，以为用这种超高技能的自我麻醉就能弥补自己所有的缺失。

可是，在无数个药效退下的清醒期，现实裸露的刺痛感才慢慢让我们清楚明白地知道，原来麻醉剂只能麻痹一时，麻痹不了一世。

02

前几日回老家和表姐聊天，得知现在大多数28岁的女生，除了着急结婚，还假装很爱，不敢分手。

表姐就是其中之一。

她作为家里的二女儿，在读完中专之后，便一直待在三线小城市中，当了一名撑不死也饿不着的公务员。

铁饭碗在相亲市场上高人一等，所以表姐常常以此自傲，无论是对追求者，还是对相亲男都各种挑三拣四。

她觉得自己是吃皇粮的人，外形工作样样都不差，所以一定会找到那个踩着七彩云霞来娶自己的男人。

功夫不负有心人，在几经筛选之后，她终于在27岁的时候，找到了一个看起来还不错的男人。

在一起还不到一个月的时间，表姐的朋友圈便充斥着各种秀恩爱的照片。

她说，终于等到你，还好没放弃；她说，谢谢你，我现在的男朋友、以后的老公；她说，我遇到了世界上最棒的男人。

字里行间都洋溢着“因为有你，岁月安好”的幸福感。

如果不是一次醉酒，我怎么都不会想到，那些收获了无数个祝福与点赞的照片，只是看起来恩爱。

向全世界张牙舞爪地宣告自己很爱某个人，其实往往没有那么爱。

真正的爱都是埋在心底里的，就像是当年站在树荫下满眼爱意地看着白衬衫少年，你不会想要告诉全世界，因为光是爱他，你就已经花费了全部的力气。

03

分手对于28岁的大部分女人来说，需要耗尽全身的力气，甚至需要拿出脱胎换骨的勇气。

这个年龄段的我们，眼角渐渐增加了鱼尾纹；无论用多么昂贵的化妆品依旧遮不住越来越大的眼袋；往昔的衣服已经穿不下，体重也从两位数变成了三位数；逛商场时遇到喜欢的衣服，但是却因为店员说了声“少女款”而放弃；以前是熬夜到凌晨还能睁着眼睛看喜欢的电视剧，现在光是加班就已经累惨。

生活中每一个细节，无一不在悄悄地显示着——你已经不再年轻。

有人说，男人和女人的区别就在于，男人越老越值钱，女人越老越跌价。这偏颇的话却被不少人奉为圭臬。

所以，大部分女人都会趁着自己正年轻的时候，选择一支“潜力股”或者“上市股”把自己绑定在其身上，试图在皱纹还未爬到脸上时成功地把自己售出。

可是，所有的事情都会出错，恋爱也不例外。

总会有那么一些人，历经磨合还是无法建立婚姻的时候，已经快要到而立之年了。

父母的逼婚，七大姑八大姨的议论，让自己不得不将就地嫁给眼前那个并不是那么爱的人。

因为，年纪越大，越想找个依靠。

你看着朋友圈越来越多的人开始晒娃，想着这个男人能够在不久的未来给你一个家，于是，你开始妥协，开始劝自己说真的爱他。

但不知为何，你发了那么多朋友圈，看了那么多场电影，约了那么多次会，还是心如止水。

好像，这世界上再也没有什么事情能够掀起你心底的涟漪，再也没有一个吻能让你心潮澎湃，再也没有一个拥抱能够给你安全感。

你说你爱他，又或者说，他爱你。

点赞的那么多，只有你自己知道，你晒的不是幸福，而是孤独。

04

28岁，分手成本很高。

如果你选择这条路，必须面对前路漫漫一个人走，面对亲朋好友善意或不怀好意的提醒和嘲笑，面对未来的漂泊和不定。

所以比起这种种不确定，眼前这个接触了一段时间、看起来还不错的男人便成为了最好的选择。

你太想要一个家了。

你想要一个面积不大的房子，还有一个聪明伶俐的孩子和一个物质外貌尚可的男人。

哪怕你明明知道这个男人喜欢说谎，哪怕你明明知道这个男人真的不爱你，哪怕你知道这个男人对你的好多半都是在假装，哪怕你知道这个男人只是想要结婚了。

你还是跟了他，义无反顾。

前路很长，你很累，所以让自己假装爱某个人是最好的“脱单”方式。

因为只有如此，你高傲的自尊心才能完好无缺，挑三拣四的行为才不会成为笑柄。

你能成功地骗过所有人，也能把诗与远方掺杂在柴米油盐中。

可是，你会不会在某年夏天，依旧怀念某一次的怦然心动？

好像那一刻，你才发现，原来自己真的活着。

我的来日方长，到最后变成了后会无期

我们总是以为来日方长，
可一不小心都会变成后会无期。

01

桌子坐在来宾席上，五味杂陈地看着台上新人满心欢喜地在众人的起哄声中喝着交杯酒。

台上那个被人们称为新郎的男人是她谈了七年的男朋友。他们跨过了异地恋，却还是难逃七年之痒。

分手的时候，他问："我结婚你来吗？"

她低头笑笑，回了声："一定去。"

为了那个"一定去"，两天前身在上海谈项目合作的她，不顾所有人的反对，冒着被辞退的危险，请了两天假，从上海飞到了成都。

她说，这一次她不想再错过了。

所以，几个小时后，她就拉着行李箱出现在他的婚礼嘉宾席上，苦笑着看着自己爱了那么多年的男人，用力地和另外一个女人亲吻。

他的婚礼上铺满了玫瑰花，那是恋爱时他曾看着上海的街头，举着右手对她许下的承诺。

还未来得及回味，他就走到了桌子旁边，举着酒杯，挤出两个小酒窝，礼貌地说：“谢谢你能来。你能来，就是对我最好的祝愿。”

很久很久以前，桌子觉得人生最美好的是相遇。

此时此刻，她才明白，其实最难得的是重逢。

02

陈哥是桌子同届不同学院的校友。

初入校园时，天性活跃的桌子加入了很多社团，她与陈哥也因此结缘，成为象牙塔内无话不谈的朋友。

大二那年，桌子谈了一场伤痕累累的恋爱，对方是个心理扭曲的人，在分手时放出了很多狠话。为了不给别人添麻烦，孤立无援的桌子谁都没有通知，打算一个人扛过难挨的日子。

可是，打算扛过和能扛过是两件完全不同的事情。

那段时间，因为分手的事情，一米六的桌子常常被一米八五的壮汉堵在寝室门口。

而这也直接导致了从来不会逃课的桌子一度缺席课堂。不知道从哪里知道消息的陈哥，第一时间趴在有裂缝的窗台上打了电话，说了桌子这辈子都不会忘记的话。

他说：“桌子，你为什么不告诉我？”

“告诉你干什么？”

“我打不过他，至少可以被他打。”

的确。

身高一米七都不到的陈哥，确实不是“变态男”的对手。

但尽管如此，他还是自觉地承担起每天陪伴桌子的任务。他说，这都是朋友应该做的事情。

谁知，这样的陪伴，一陪就是四年。

四年的时光里，他的身份也从桌子的朋友变成了男朋友，要结婚的那种。

那段时间，陈哥最喜欢做的事情，就是在睡不着的深夜构想他的将来，他和桌子的将来。

他说，将来他们的婚礼要铺满桌子最喜欢的玫瑰花瓣；他说，将来他们要生很多很多的孩子；他说，将来他们要住大大的房子。

陈哥说了很多，其中说得最多的还是毕业就结婚，在拍毕业照的时候也要拍婚纱照。

他想得很好，可这些都在毕业那天成了泡影。

因为，关于将来，他和桌子的规划完全不同。

03

为了有更好的发展，拿了毕业证后的桌子想要去上海，亲身体味人生的百态。但是，喜欢安逸的陈哥却不愿意。

所以，两人在争吵过无数次以后，终于达成了共识——陈哥留在成都，桌子去上海。过几年，两个人再会合。

分开很容易，会合却很难。

轻易分开的两个人，跨越这几千里的距离，在刚开始时还经常语音、电话、视频。偶尔，陈哥也会对桌子说说现在生活的温馨，桌子也会对陈哥抱怨生活的压力以及生存的不容易。

这种状态持续了一段时间之后，两个人的联络因为各自的忙碌开始减少，甚至有时候，桌子会觉得和陈哥语音是一件非常浪费时间的事情。

因为放在她桌子上的除了策划就是活动材料，日复一日的高强度工作让她常常忽略了几千里之外还有一个男人，是自己的男朋友。

也许是高估了他们的关系，也许是太信任他们之间的感情，一心扑在工作上的桌子，鲜少维护她和陈哥之间的爱情，只是放心地任其发展。

她以为他们会顺理成章地结婚，却在来上海几年后被迫突然走到了分岔路口。

她没有想到，几年后陈哥会专门从成都飞到上海，坐在她对面，问她要不要跟自己回去。

桌子坐在咖啡厅的落地窗前，看着洒满一地的阳光和周围步履匆匆的人群，过了几分钟摇了摇头，没有说话。

陈哥笑了笑，起身背对着她时问了最后一句："我结婚你来吗？"

桌子没回答，在心里默默地回应：一定去。

04

几年后，她冒着被辞退的风险，不远万里地来兑现自己的承诺，只是不想再一次错过。

只不过，她强忍着眼泪看着精心布置着漫天遍地玫瑰花的婚礼。

新郎敬酒的时候，喝下整整一杯酒的桌子，恍惚之间仿佛听到陈哥俯下身的那句：“曾经真的很希望我身边是你。”

一瞬间，忍了半天的眼泪还是喷涌而出。

其实，她也真的希望站在他身边，穿着白色婚纱，笑容灼灼拜天地、敬酒的女人，是自己。

世间最无奈的事情是重逢。

那些曾经许下的诺言都会在重逢时从心底里骤然响起。

只是你要忍住想要拥抱的冲动，想要亲吻的冲动，面带笑容，中规中矩地说一句：“过得好吗？”

所以说，遇上就要懂得珍惜，不要在失去后才后悔莫及。

谢谢你，陪我疯

物欲熏心的年代，
鲜少有人愿意不留余地地同你旅行，
更少有人会不问青红皂白地相信你。

01

六六是个神经病，彻头彻尾的。

费了九牛二虎之力才找到工作的她，经过岁月的历练从一位职场小白变成了某个大型公司的中层管理。

自古人红是非多，六六也不例外，这个刚刚26岁的女人因为事业一路飞黄腾达，成为了同事们孤立的对象。

同事们不再同她吃饭，不再嘻嘻哈哈地同她开玩笑，不再闲暇之余和她聊公司谁又爱上了谁，谁又被谁甩了。

渐渐地，公司关于她的流言蜚语开始多了起来。起初，只是传她暗恋公司老总，后来暗恋变成了表白被拒，再后来，竟然无端地变成了她和老总上了床。

咽下一肚子委屈的六六，依旧自顾自大摇大摆地走在人们的白眼前后。她以为凭借自己超级无敌的厚脸皮能够将那些空穴来风无声地镇压，直到老总的“正宫”怒气冲冲地拽着她的头发大声叫骂时，她才知道，这个世界上根本就没有清者自清这回事。

主动辞掉工作的六六，将银行卡上的定期全部转成活期后，带着碎成二维码的心买了张飞往长滩岛的机票。

临走时，她突然在机场里看到了公司的张达，他拿着张和六六目的地相同的机票，站在不远处冲着她傻笑。

02

北京飞往长滩岛的几个小时里，六六无数次地想要询问张达关于他的种种，可每次快要张开嘴时，连她自己都不自觉地想笑。

有时候，一个人想去另外一个地方是不需要理由的，就像你永远不能说清楚你到底为什么会爱上一个人。

漫漫长夜，我们总需要找个人来彼此取暖。而在接下来的旅途中，将要伴随六六走过未知的磕磕绊绊的人，是现在坐在她身边的张达。

印象里，张达是那种八棍子都打不出一个屁来的男人。工作能力一流的他，在公司的每分每秒里都自带定海神针功能。

少说多做是他的处事准则。

但就是这个一向事不关己，高高挂起的男人，竟在六六被打的瞬间从座位上弹起，用力把对着六六张牙舞爪的女人推到了地上。

“泼妇大战”的当天，六六就递交了辞职信，啥都没带地走了。

在她脚后离开的人叫张达，是现在坐在她旁边呼呼大睡的男人。

能在未知的旅途中遇到一个熟悉的人，真好。

03

六六很健忘，长滩岛之行里她唯一记住的事情就是，张达穿着休闲裤站在沙滩上回头冲着她缓缓吐出来的那句："六六，我相信你。"

"为什么？"

"不为什么，就因为是你。"

六六心里一软，带着微湿的眼睛看着远处与天空蓝成一片的海洋，无缘由地冒出来一句："张达，我们一起游遍全世界吧？"

他哈哈大笑了几声，想都没想地点了点头。

后来，六六就开始拉着张达一路从菲律宾穷游，在越南、缅甸、泰国绕了一圈后，又回到了首都机场。

从异乡回来的六六和之前相比黑了几个维度，脸上也多了几分甜蜜。

回国的第二个月，她与张达就举行了婚礼。她看着张达单膝跪地满心憧憬地为自己的无名指戴上戒指的样子，默默地在心底里说了句："谢谢你，陪我疯。"

婚礼结束时，我们与六六小聚。她穿着大红色的礼服坐在椅子上，眉飞色舞地为我们讲着旅行中的风景与故事，以及张达在沿途照顾她的点点滴滴。

六六说，很幸运能够遇到一个全心全意地相信她，毫无保留地对她好的人。

确实。

世界上撩你的人很多，愿意陪你疯的人却很少。

越来越懂事的我们，关于爱情的定义渐渐细化成一栋几十平方米的房子，一辆价值几十万的轿车。

物欲熏心的年代，鲜少有人愿意不留余地地同你旅行，更少有人会不问青红皂白地相信你。

爱渐渐变成了权衡利弊的衍生物，不再有人会在心里永远为你打着灯。

姑娘，遇到一个全心全意陪你走路的人就嫁了吧，因为长明灯不多，为你长明的更少。

爱错了人，活得很卑微

> 爱错一个人，
> 有时候就足以颠覆我们整个人生。

01

“我一定会和他离婚。”

这是柠檬坐在北京望京的一家小餐馆里，醉醺醺地说的第一句话。

柠檬口中的他，是她的老公，和她同床共枕了五年的老公——老杨。

21岁的时候，为了逃避父母的逼婚，在恋爱谈了一个多月的时候，柠檬便嫁给了那个“看起来还不错”的男人。

所谓的“看起来还不错”，无非是在三线开外的城市有房子，有一个超不过十万的车子，还有一份令人羡慕的工作——警察。

而这个不起眼的职位，却在那个天高皇帝远的地方，成为了很多人眼中能够随时耀武扬威的职业。

也正因为如此，柠檬才会在相恋30多天的时候，面带笑容地穿上婚纱，满心期待地当了别人眼中羡慕的家庭主妇。

但是，她没有意识到，这个看似聪明的决定却颠覆了她的整个人生。

因为，从21岁出嫁那天开始，她的生活就蒙上了一层灰色。

02

结婚之初，老杨借口说改善家庭生活水平，带着柠檬在她的家坐了整整六个小时后，捧着两摞钱咧着嘴巴从屋子里出来了。

这两摞钱价值三万。

三万对于一个三线开外的农村家庭而言，是一个沉重而又庞大的数字。它意味着整整一家人的节衣缩食，意味着父母拼死拼活的工作。

其实，那天当老杨开口说借钱做生意时，柠檬有些犹豫。

她皱着眉，看着头发略带白色的父母，颇有些颤抖地从柜子的深处拿出一个包裹，在打开了十几层之后，从里面拿出了袋子，说这是柠檬爸这半年刚刚发的工资，面带笑容地让老杨拿去。

希望你过得好，是真真正正意义上的好。

这是柠檬从父亲眼神中领悟到的话。作为家中唯一一个女孩，她从小时候起就是爸妈的掌上明珠，亦被哥哥捧在手里。

所以，她才敢在认识老杨之前，退彩礼、悔婚。

柠檬说，这是她自己的婚姻，她自己的人生，所以，得她自己来挑。

可惜，她竟在这么大的转折点上，瞎了眼，栽了跟头，体味到了人生百态。

03

第一次知道老杨把从父母那里借来的三万元花光，是从某位朋友的嚼舌根里得知的。

她呆呆地站在原地，听着朋友愤愤不平地替她抱怨着老杨这个王八蛋，把钱都拿到了赌场去。

原来，老杨所谓的来钱快，就是以这样的方式。

在此之前的每一秒钟，她从没有怀疑过老杨的人品以及钱的去处。

老杨总是说，现在的生意很难做，钱很难挣，所以借来的钱都投了资，等待着合适的机会就可以大赚一笔，然后带她一起吃香的喝辣的。

每次，她想象着那些场景时，都会不由自主地笑出声来。她想着，老杨以后会给自己什么样的幸福生活，想象着以后自己会住什么样的房子，开什么样的车。

想来想去的时候，钱就成了老杨叱咤赌场的本钱，成为了他装大款的资本和工具。

但即使这样，柠檬也从未想过离婚；即使这样，她也依旧心甘情愿地养了老杨五年；即使这样，她也还是在入不敷出的情况下生了一个儿子。

柠檬说，这就是她的劫难，是她命中的定数。所以，她带着儿子，一过就是三年。

就在她以为自己会在这一棵树上吊死的时候，一场争吵将她逼得离家出走。

离家出走的原因很简单：出轨和家暴。

在一次聚会后，柠檬发现老杨微信里的床照以及各种劲爆风骚的视频。

她开始摔打家中的东西，指着躺在床上的老杨骂骂咧咧，像一个被生活逼疯的疯女人。

几分钟之后，老杨从床上起来，用力地抓住她的头在墙上连撞了三下，直到她额头的右上角出了血才罢休。

那一夜，柠檬在客厅里躺了五个小时，第二天一大早，她便决定了离婚。

她说，她想活着，像一个女人一样活着。

04

结婚容易，离婚不易。

老杨凭借自己民警的身份，屡屡干涉柠檬的起诉。每次，他都是一副欠揍的表情："我就是不离婚，看你能奈我何！"

人们都说，老杨不愿意离婚不是因为爱，而是因为生活。

确实。

结婚五年，柠檬靠着自己卖菜的钱养了老杨五年，供他吃、喝、嫖、赌，看着他一步步从一个人变成一个寄生虫。

五年间，柠檬没有买过一件衣服，没有买过一个像样的包包，就连儿子，从出生到现在穿过最贵的衣服都是两位数。

这个家，完完全全靠柠檬运转。她不仅肩负了生儿育女的责任，也不得不面临着赚钱养家的要求。

结婚五年，她像是一个老了十岁的中年妇女——差到不忍直视的皮肤以及乱如杂草的头发。

从家里搬出来的那天，柠檬什么都没有拿，又或者说，她什么都不用拿。

她站在村口等公交车的时候，第一次撕心裂肺地哭。因为那个时候，她突然发现，原来过了那么多年，还得在心情不好的时候，心疼钱。

俗话说：男怕入错行，女怕嫁错郎。

我深以为然。

爱情是场马拉松，但总是有一些人想要投机取巧，以最快的速度获取最大的利益。或是因为父母的催促，或是因为对朋友的羡慕，把一些还未看透的人着急忙慌地拉进我们的人生。

当我们自以为获得了短暂性的胜利的时候，却忽略了一件事：爱错一个人，有时候就足以颠覆我们整个人生。

恋爱要谈得透，婚姻才能够长久。

距离不是病，疼起来要人命

或许这个世界上的爱没有距离的限制，
但在一起有。

01

认识毛毛以前，椰子的脑海中从来没有网恋的意识。这个连血液中都流淌着传统的姑娘，还是个一场恋爱都没谈过的“奇葩”女。

懵懵懂懂的时候，毛毛就那么一瞬间闯进了她的生活。

艳阳高照的一天，拖到中午才起床的椰子收到了毛毛的消息。

他说：“你好，我可以认识你么？”

椰子眨了两下眼睛，在手机上打出了两个字：“可以。”

就这样，一千二百公里之外的毛毛毫无征兆地出现在了椰子的生命里。

02

成为彼此的好友之后，和毛毛聊天就悄悄变成了椰子每日必备的精神食粮。

老实说，围在椰子身边的男人并不少。但不知为何，对其他人完全不感冒的她，竟破天荒地对屏幕对面的男人充满了好奇。

椰子说，毛毛和这个世界上的男人都不一样。他有高挑的身材，有充满磁性的声音，有对未来高度的规划。

聊天进行了一年后，椰子对这个素未谋面的男人越来越心生欢喜。

有一次，毛毛在手机那头半开玩笑地问："椰子，你是不是喜欢上我了？"

椰子笑了笑，半晌，她在与毛毛的对话框中发来一段话，她说："你总问我为什么这么粘着你，我也不知道。我就想每天听着你的声音，说说今天吃了什么饭，明天该穿哪件衣服。你常说我是神经病，哪有人被人骂傻子，还能在大半夜笑成一朵花。可那个人是你啊，这算喜欢么，不算吧。"

直到第二天太阳升起的时候，椰子都没有收到毛毛的回复。正在她撇着嘴万般失落的时候，竟意外地收到了毛毛的电话，他熟悉的声音中带着些许兴奋："椰子，我来甘肃看你了。"

椰子故作平淡地挂了电话，高兴得手舞足蹈。

那天以后，她便在这个世界上多了一份牵挂。

03

恋爱很甜蜜，一切很顺利。

一见如故的他俩并没有因为不能时常见面而吵得不可开交，也没有因为几千里的距离而心生嫌隙。

那时候，互道晚安之后，两人都会静静地将手机放在右手上，就像是牵着彼此的双手进入梦乡。

好几次，椰子都在甘肃下雨的夜晚一脸甜蜜地对毛毛说，这辈子剩下的路要牵手一起走。

只不过她没有想到，自己与毛毛能够一起走的路并不长。

谈婚论嫁的时候，椰子爸突然生了场大病，几乎下半身瘫痪，在接下来的日子必须要时刻有人陪在身边。

刚开始时，毛毛几乎每个月都会至少有一次出现在云南飞往甘肃的飞机上，带着云南的特产以及他对椰子的想念。

飞了八九次之后，刚回到云南的毛毛就收到了椰子的电话，她在电话那头哭哭啼啼地说："毛毛，你别来了，我们……这辈子就走到这吧。"

毛毛没接话，心肌梗塞般地听着电话那头椰子不断地啜泣，她的每一次声泪俱下，都像是在用刀要自己的命。

抽泣了好久之后，椰子低沉地说："毛毛，我是真的想嫁给你，但也是真的嫁不起你。"

毛毛长吸了一口气，蹲在机场的角落里点燃一根烟，吧嗒吧嗒抽了几口后，抬起头突然就泪流满面。

他和椰子都是独生子女，他到不了她的城，她来不了他的市。他们身上背负着两个家庭的责任，离不开也走不远。

当初口口声声说距离不是问题的两个人，最后依旧回到了各自的起点。

04

后来，毛毛在椰子的婚礼上喝得酩酊大醉，他趴在桌子上，看着穿着婚纱的椰子，突然想到了几年前的一个夏天。

当时处在人生低谷的他恰好在网络上读到了一篇文章，顺着作者的联系方式找下去，椰子就奇迹般地出现在了他的生活中。

与椰子聊天的那一年时光里，毛毛开始懂得了努力的意义。

他曾好多次对自己说，这辈子非椰子不娶。可惜，这句埋藏在他心里的秘密还没来得及实现，他们两个就被命运牵制着越走越远。

距离不是病，疼起来要人命。

或许这个世界上的爱没有距离的限制，但在一起有。

我愿意跨过千山万水来到你身边，愿意省吃俭用攒起买火车票的钱，愿意尽我所能地隔着整个屏幕感受你的温暖。

我愿意为你做一切事情，可依旧敌不过命运要你离开。

没关系，你得相信，你们一定会在一起，在另一个平行世界里。

请你，爱一个能给你未来的男人

每一个女孩都应该在最美的年华里，
爱上一个能让自己幸福的男人，
而不是全身奉献给一个只会消耗自己的男人。

01

十三一个人漫步在成都的街头，看着张灯结彩的热闹和成群结队的男女，心如死灰。

明天就要过年了，她买了大包小包的年货准备同冯春一起回老家的时候，他却连头都不抬地断然拒绝，拒绝的理由竟然是：他的父母不知道她的存在。

什么？

谈了三年，你跟我说不知道。向来说一不二的十三固执地买了和冯春相同的车次，想要来个先斩后奏。谁知粗心的她竟被冯春提前发现了内心的小九九，冯春冷着脸，当着她的面将火车票撕了个稀巴烂。

他说："你要敢去，我们就分手。"

十三冷笑了一下："怕你？谁不分谁孙子。"

就这样，十三失恋了，在春节的前几天。

02

十三是在冯春分手的第二天，主动攻城，顺利当上他女朋友的。

当年，作为土地管理系的系草，冯春是很多小女生争相哄抢的对象。他的才气，他的颜值，使他毫无争议地成为大部分女生眼中的王子，而这大部分女生中，也包括十三。

与大部分女生追求男人方式不同，十三总是喜欢默默地为冯春忙来忙去，她说，爱不在嘴上，而是在心里。

确实。

后来，十三亲眼看着临系长相平平，擅长表白的女生一脸嘚瑟地牵着冯春的手招摇而过的场景，她的心中愤愤不平，瞬间有一种好白菜被猪拱了的感觉。

没办法，感情这事从来都不论先来后到，总是以结果定输赢。不管她付出再多，再努力，在冯春这场争夺战中，她还是输了，而且一败涂地。

03

一向不撞南墙不死心的十三，像一只黄雀一样静静地等待着冯春的分手。功夫不负有心人，半年后，她偶然撞见了坐在操场失恋发呆的冯春。

一阵交心谈话之后，十三就莫名其妙地成了冯春新晋的女朋友。她满心兴奋，他满心失落。随后不久，沉浸在热恋中的十三软磨硬泡地拉着冯春去校外租了个小屋，过起了自以为逍遥的二人世界。

十三最喜欢的事情，就是在朋友圈晒各种各样的恩爱自拍，她说，她要让全世界都知道，冯春是她的男人。

而她也甘愿当起了冯春背后的女人，二十多岁的年华里，十三常常犹如大妈一样挎着菜篮，一摇一摆地同菜市场的阿姨吐沫横飞地讲着三五毛钱的差价。回到家，又在厨房与卧室之间忙前忙后地为冯春做着早餐、午餐以及不重样的晚餐。

每次，十三看着狼吞虎咽的冯春，就笑得合不上嘴。她穿着围裙，满眼暧昧："你得有多幸运，才能遇到我。"

冯春不说话，闷头吃完之后，抹了抹嘴到卧室玩起了游戏，留下了略有失落的十三，不紧不慢地收拾着冯春剩下的碗筷。

这样的生活，一过就是三年。

04

毕业两年后，十三多次提出想要去冯春的老家看看，看看他的父母，他的亲戚以及他生活过的城市。

她说，也许这就是所谓的爱屋及乌。因为她爱他，所以才会多次放下身架和自尊地想要跟他走，但他却无一例外地总是拒绝。

起初，他说时机未到，后来，他说再等等，再后来，他说他的老家还不知道她的存在。直到，直到他当着她的面满腔怒火地撕了她去江西的车票，她才清醒地知道，原来，他从来都没有想过要娶她，一刻也没有。

失恋后的十三独自坐在东郊记忆的酒吧里，翻着冯春的朋友圈。时隔至今，她突然发现，他的圈子里竟然没有一丝关于她的蛛丝马迹。在一起的这三年，她对他而言，空气般透明，她忙前忙后的付出在他心里就像是个笑话。

永远不要试图改变一个不爱你的人，因为感动永远都不等同于爱情。你的知冷知热，你的百般付出，只会日渐加固你的心如刀割。

每一个女孩都应该在最美的年华里，爱上一个能让自己幸福的男人，而不是全身奉献给一个只会消耗自己的男人。失望积攒够了就离开吧，免得浪费了自己的青春，还没得到想要的爱情。

谢谢你出现，让我少等好多年

聊天久了会成习惯，
习惯久了就会变成喜欢。

01

遇上平哥之前，柚子未来的规划里没有婚姻。事业心超强的她关于以后最大的构想，就是在自己事业有成的时候，随便找个人把自己嫁掉。

她不相信爱情，这是上一段恋爱的遗留。

十八九岁的时候，掏心掏肺对待某个人的柚子被欺骗得伤痕累累。那年，她曾站在成都的街头，看着远处间距相同的微黄路灯，委屈得像个刚刚被人抛弃的皮球。

成都的七月份，人人都热得走不动，只有她从万年场走到十里店，心里却异常寒冷。

从那天晚上开始，她内心深处便不再期待爱情，不再相信有人会不图回报地对她好。

只不过，偶尔，她也会在深夜躺在床上时，略带失落，也会看着别人朋友圈里秀的恩爱，略带迷茫。

作为一个主动单身了万年的单身人士，她在二十五岁的时候，为自己买了一份人身保险。柚子说，万一哪一天发生什么意外，哪怕没有人照顾她，也不至于坐在世界某个角落里等死。

有生之年的时候，她没有想过本已经死掉的心脏还会再次活过来，而把她心脏唤起的男人叫平哥。

02

作为男朋友，平哥成功躲掉了柚子所有对男朋友的要求。

她说，自己的男朋友一定要在178以上，但是他穿上鞋也才不过170；她说，自己的男朋友一定要长相帅气，但是他却是一个戴着眼镜的呆男；她说，自己的男朋友一定要吸烟喝酒善于交际，但是他却不善言辞，总躲在人后。

总而言之，言而总之，平哥的出现，打破了她在脑海中关于男朋友所有的想象和构想。

初次见面时，她对这个长相不帅，个头不高的男人颇有微词，甚至，还在相完亲后专门跑到媒人的面前，皱着眉头诉说自己的不满。

柚子说，作为一个风华正茂的女生，她不是收烂白菜的，所以平哥在她这里第一面就被抵制得一塌糊涂。

结束时，她回过头冲着拿着手机想要朝她要联系方式的平哥说了句，“再也不见。”

因为，对于她而言，无论再怎么相见，到最后都不会想念。

03

相亲后的第二天，柚子收到了某个男人的好友添加请求。他说：“柚子，你愿不愿意和我试一试？”

柚子点开他的朋友圈，看见昨天坐在自己对面的那个男人的脸庞，突然心底有些悸动。

这么多年，说过爱她的人很多，说过要娶她的人也很多。可到头来，都会因为她或是任性或是生气时说的那些“滚蛋”的气话而慢慢离开。

这么多年，平哥是第一个她说完“再也不见”之后，还觍着脸和她联系，聊到深夜的男人。

好几次，她都在回到家的时候和电话那头的男人聊聊今天的开心或者不如意。

每天固定聊天的几个小时里，她都只是把他当成可以诉说委屈的垃圾桶。

确实。

相比大多数人而言，平哥在她生命中很多时候扮演的都是深夜军师的角色。只是柚子不知道，那个愿意在深夜陪她聊到天明的男人，其实在每一个工作日都忙成了陀螺。

有那么几次，为了和她聊天，他都需要提前喝两包提神咖啡，提前搜集笑话。

虽然只见过一次面，他已经在心里和她牵手走过了永远。

04

聊天久了会成习惯，习惯久了就会变成喜欢。

在与平哥聊天到第三个月的时候，柚子莫名其妙地开始对平哥进行想念。工作的时候，她开始想念平哥身在哪里，在做什么。

所以后来，她与平哥的聊天界面，自己发的语音和文案渐渐占据了整个页面。偶尔，她也会在深夜突发奇想地听听他的声音，和他打打电话。

聊天越久，柚子就越发现，这个曾经被自己一棍子打死的男人竟然有着和自己相同的三观以及消费习惯。

所以后来，一向重视颜值的柚子竟毫不违和地变成了平哥的女朋友。

牵手之后的很多细节里，都让柚子有一种莫名的心安。她说，感谢平哥的出现，让她少等好多年。

很多人在遍体鳞伤之后，就开始学会退避三舍地保护自己。

那时候的我们好像有了软肋，却没有铠甲。在一个人怀揣着伤疤走了好多路的时候，才会在转角处发现，上帝为你留下的药丸，其实都会出现。

总会有那么一个人出现，让你心甘情愿地说出那句：“谢谢你出现，让我少等好多年。”

听说，你想找个有钱人嫁了

> 不要为你的爱情附加条件，
> 婚姻是搭伙过日子，不是谁养谁。

01

半夜和朋友聊天，隔着屏幕都能嗅到她对未来的担忧。在她的话语间，充满了对七大姑八大姨的抱怨。

朋友很要强，985大学毕业后便独自背着包南下，毅然决然地成为“深漂”大军的一分子。

奈何，职场如战场，生性单纯的她在职场上屡屡碰壁，最终在公司的一场政治斗争中败下阵来。

工作爱情双失意的她在回老家疗伤期间，被七大姑八大姨狂轰滥炸，五花八门的言语中充斥的核心思想就是：傻子，找个有钱人就嫁了吧。

朋友哭笑不得地向我倾诉：“你说，我从小到大一路努力，难道就是为了到最后找个有钱人把自己嫁了？”

讽刺。

在捷径思想的引导下，婚姻成为了狼狈生活的救赎，成为了不用埋头苦干的借口，成为了嘲笑一切远比你优秀的人的资格。

于是，“考得好不如嫁得好，嫁得好才是真正的王道”等众多颠覆人们认知和三观的言论堂而皇之地被众口相传。

而今，对于大多数人来说，只要你嫁得好便可以抹杀过去的一切不堪，便可以遮盖住你的懒惰无知，便可以从以前的一无是处瞬间变成父母口中别人家的孩子。

于是，找个有钱人嫁了便成了许多女人前半生的终极目标，但却很少有人顾及结完婚之后日子过得是否幸福。

02

中国有句古话叫作：如人饮水，冷暖自知。

我有个朋友即是如此。

她与我年龄相仿，年纪轻轻便辍学回家，在当地的服装店打杂。姣好的外貌让她在工作之余结识了一位家境优越的男人，并且和他谈了两个月恋爱后就匆匆成婚，开启了羡煞旁人的少奶奶生活。

一时之间，邻里对她所有的白眼与讽刺都变成了赞扬，说她是所有适龄女子的榜样。

本以为她能在一片叫好声中将日子过成别人羡慕的样子，谁知，在之后的几年里，她竟从一个阳光灿烂的少女变成了整日郁郁寡欢的女人。

后来，在和她的一次交谈中得知，她老公在结婚几年后开始各种出轨，从起初的偷偷摸摸到现在的彻夜不归，而她却因为习惯了优越的物质生活渐渐丧失了谋生能力，活成了一个毫无话语权、任人宰割的附属品。

由此可见，天底下没有免费的午餐，更没有谁会心甘情愿地背负一切原本不属于自己的负担。倘若一味地依附另一半，这样的婚姻必定走不长远。

任何时候，一心把未来绑在婚姻上的行为，不仅可耻，而且愚蠢。因为能拯救你的，从来都不是婚姻，更不是有钱人。

学会独立行走，才是让生活变得越来越好的良方。

03

杨澜曾说："不要为你的爱情附加条件，婚姻是搭伙过日子，不是谁养谁。人和人的地位是平等的，一个男人愿意养你，他也就希望你做他的奴隶。"

确实是这样的道理。

工作时认识的一位女生，肤白貌美大长腿，气质绝佳的她拒绝了很多条件优秀的男人的追求，和朋友在成都开始了自己的创业之路。

当时很多女生不理解她的选择，更有人当面指责她假清高，说她理想化，情商低，在选择时不懂得权衡利弊，不懂得结合现实。

现实是，女生的家里很穷，穷到连每个月的生活费都要精打细算，穷到连买一个三位数的包都要犹豫好久。

但生活的落魄没有让她随随便便找个有钱人嫁了，而是在体味过贫穷后，更加清晰地知道自己内心的目标和前进的方向。

功夫不负有心人，几年下来，女生事业小成，她也在创业过程中遇到了志趣相投的另一半，走进了彼此独立又相互依偎的婚姻殿堂。

前段时间，群里聊天时突然有人问她后不后悔吃了那么多苦。屏幕那端沉默了两分钟后，才缓缓地吐出几个字：我只是不想用婚姻，来拯救当时的贫困现状。

在这个世界上，能帮助你彻底脱离苦海的唯一办法，不是什么嫁个有钱人，而是依靠你自己。

04

曾听过这样一句话：男人最好的致富办法是“拆”，女人最好的致富办法是嫁个有钱人。

浮躁的社会，越来越多的人开始把婚姻当成走向另一阶层的途径，天真地以为嫁个有钱人就能从此过上传说中公主的生活，就能从此满心欢喜地穿金戴银。

但是她们忽略了，公主之所以能够嫁给王子，是因为她精神和物质的双独立，因为她的远见以及卓越的处事能力。

此道理就像是安迪遇到的永远都是类似小包总等级的“大咖”，而邱莹莹只能周旋在一个又一个白主管之间一样。

无论何时何地，婚姻都讲究个门当户对，讲究个相互对等。

换言之即为，你想嫁给什么人，你就首先要变成什么人。也唯有如此，你们才能在以后的漫漫长路中，比肩携手同行。

事实证明，“找个有钱人就嫁了吧”才是世界上最大的谎话，它忽视了婚姻幸福长久的必要条件，也忽视了对等性的重要。

姑娘，世界上所有的铠甲与软肋都是自己给的，能够拯救你狼狈不堪现状的，不是某个有钱人，而是你自己。

“我养你”才是男人最大的毒药

> 愿意养你一阵子的人很多，
> 但是愿意养你一辈子的人却很少。

01

由沈严执导，靳东、马伊琍、袁泉、雷佳音、吴越领衔主演的都市情感大戏《我的前半生》，在首播时就取得了不菲的收视率，被很多网友评为看过最有感触的作品。

剧中，马伊琍饰演的罗子君，多年前因为老公的一句“我养你”，放弃了工作，成为名副其实的全职太太。十年的婚姻生活中，她世界的全部中心除了老公就是孩子。这样的生活，让她卑微到觉得最幸福的时候，就是每日和老公与孩子那顿看似其乐融融的晚餐。

重视家庭没有错，但当你把家庭变成自己的全部时，爱就变成了束缚你独立行走的借口。

罗子君也不例外。

十年过后，老公事业有成，孩子有保姆带，没事逛逛街，睡睡觉的令无数人羡慕到爆表的她迎来了自己的冬天——老公出轨了，对象还是一个颜值身材皆不如她的离婚带孩子的中年妇女。

所以后来，在陈俊生第一次正式提出离婚时，她的第一反应竟是穿上靓丽的衣服问他自己美不美。

时至那日，她都还天真地以为男人只是一种喜欢美色的动物。她以为自己在婚姻生活中全部的俯首称臣能换来外人眼中的美满家庭，却打死都想不到击败了形形色色的美女以后，自己却在一条小沟里翻了船。

闺蜜唐晶尝试劝说她学着自立的时候，这个学历过硬，也曾在外企工作的女人竟然说了以下这段话：

“当初是他把我拉上赌桌的，现在他想要把我踢出局，我还有什么资本留在桌子上？”

这句看似反问唐晶的话，其实是她对过去生活状态的精确总结。

一个只能依靠男人的女人和愿意依靠男人的女人是不一样的，前者在更多时候失去了自我，而后者依然具有独立行走的能力。这就是为什么同样的经过，会产生不同的结局。

谁都不能否认，能让你依靠到天荒地老、打死都不动摇的人就只有你自己。

02

由于工作的关系，我认识了形形色色的人，也听说过不少或悲或喜的故事。那些到最后被男人一脚踹开后哭哭啼啼、费劲心思用力挽回的女人，大都在事业上没什么大的成就，她们如同寄生虫一样，寄托在另一半的身上，孜孜不倦地享受着“我养你”带来的快感。

然而，愿意养你一阵子的人很多，愿意养你一辈子的人却很少。

生活中总是有那么一群人，把短视当成别人的无知，把“我养你”三个字变成通往幸福的捷径。

可捷径不是谁都能走得通的，也不是谁都能驾驭得了全职太太这个高危职业。因为相比于其他职业而言，全职太太更容易失业。

为了保证自己的生活质量不下降，她们不仅要十八般武艺样样精通，还得哄得了公婆、斗得了“小三”，并且拼命融进丈夫的生活圈。

之前，看过一篇报道，说那些能够把全职太太当得很成功的女人，无一不是情商和智商双重高级。

她们懂得在闲暇时努力提升自己，以达到让自己与丈夫处于同一水平的目的。

说白了，这样的女人骨子里从来都不相信什么“我养你”的鬼话，在她们眼睛里，“我养你”就等同于“我害你”。

03

最近，公司新来了一个家境条件优越的女生，她的举手投足间展现出来的优雅足足能甩其他女生好几条街。更要命的是，她的丈夫是某个行业知名的CEO（首席执行官），经手的项目已经融资过千万。

可就是这样一个从来都不知贫穷为何物的女生，竟在结婚两年后毅然决然地投入了上班族大军，重新做回了一个都市小白领。

之后的几个月，她比刚来时明显活泼了很多，也阳光了很多。

某次吃饭的时候，饭桌上她笑容满满地说，是上班拯救了他们的婚姻和她的生活状态，让老公再一次对她刮目相看。

饭罢，她幽幽地飘出了一句："虽然我挣得没有他多，但只要我能挣一分钱，就说明这个家庭的成长有我一定的功劳。"

事实。

跟那些成天只知道挥霍钱财的全职太太相比，能够证明自己有能力独立做好一件事情，才是对婚姻和丈夫最大的尊敬。

姑娘，如果将来的某天，有一个男人站在你面前，捧着鲜花说接下来的日子，他愿意养你。那么请面带笑容，扬长而去。

因为你在爱情里，首先要学会的是自己养自己。

越张扬的爱，越容易失败

> 秀恩爱，死得快。

01

石头与小吉在很久以前就认识了。那些年，石头还是个毛头小子，他在众多演员当中一眼就看上了身材高挑、皮肤白皙的小吉，石头默默地觉得，这是他从小到大见过的最漂亮的女人。还未成名的石头常常躲在角落里看着众星捧月般的小吉，他开始找各种理由接近她，费尽心思地想要引起她的注意。

窈窕淑女，君子好逑。自古以来，美女都是男人争相追求的对象。从某种意义上来讲，男人既是下半身思考的野生动物，又是视觉动物。在遭到了美女的视觉轰炸之后，男人的瞳孔多半会放大，身体里的求偶机能被激发，他们不断地想要寻找各种方式接近美女，来达到自己的目的。当石头看到鹤立鸡群的小吉时，雄性荷尔蒙被瞬间激发，对这个肤白貌美的女人一见钟情。

为了追上小吉的步伐，石头想尽各种办法提升自己。想要在短时间内达到最完美状态的石头，开始没日没夜地跑剧组，演死人，演太监，能挣钱的各种奇葩角色，他都会抢着接过来。每次当他完成一部作品时，他就会觉得离小吉更近了一步。爱情让他变得更完美，也更努力。

美国心理专家曾说过：当你渴求爱情时，提升往往会伴随左右。真的爱情，会挑战我们旧有的自我认知，这时候，爱情就会成为让我们变革的一种力量，它会让我们不断推倒之前的自己，在不断的重塑自我中变得更加优秀。石头变得越来越好的原因之一，正是受喜欢小吉激发出的正能量的影响。

02

功夫不负有心人，石头经过自己夜以继日的努力，渐渐地在演艺圈有了一定的名气。和女神站在同一标准线的他，终于有勇气表达自己的爱意。石头认为，最深情的爱情莫过于陪伴。于是，出席活动，代言广告，选择剧本的时候，小吉的身旁一定有石头的身影，他用这种执拗的陪伴笨拙地表现着自己的爱。

同性相斥，异性相吸。当你真正爱上某个人的时候，总是想着要见到对方。“广角”及“望远镜”心理需求指出，用望远镜头对准某一对象时，此对象变大，而其他对象就变成模糊的背景。同理，当你爱上一个人的时候，你会下意识把所有注意力放在他的身上，陪伴他在你心中居于首位。因为缺乏安全感，所以需要依赖对方来支撑你脆弱的自我价值的存在感。这也是石头在成名之后想要不断陪伴在小吉身边的原因。

石头凭着自己对小吉的爱与执着，慢慢地打动了女神的心。一次，在小吉生病无人照顾的时候，身在外地拍摄的石头顶着一身疲劳坐飞机赶回来看她。身在病床上的小吉看到满脸疲惫的石头时，心疼不已，娱乐圈鲜有的真情让她感到了久违的感动。小吉看着这个呆萌的男人，终于点点头，答应了他。

人在生病的时候生存能力会下降，心理防御机制会变弱，对人的依赖感会增强，也更容易被感动。这时候人性中的心理需求会增强，独立意识会退居二线。在感动情绪的引导下，女性会倾向于接受无条件对自己好的男性，一方面是为了满足自己缺乏的安全感，另一方面也是自己依赖性增强的外化形式的表现。石头在她最需要陪伴的时候，排除万难地出现，无疑是用行动告诉她，自己是一个值得依赖的男人，所以小吉会义无反顾地投入到他的怀抱，而石头也成功地抱得了美人归。

03

不久之后，两人就结婚了。婚前婚后石头无一不在公共场合宣誓着自己对女神的爱，他最喜欢挂在嘴边的一句话就是："我这辈子做的最对的事情就是能够娶到她。"石头最擅长做的事情就是各种秀恩爱，好像他要向全世界宣布自己对小吉的喜爱。石头在这段爱情中爱到疯狂，秀到张狂。

恩爱是一种情感，它可以通过秀变成一种外在的情绪。爱情张扬的表达方式是人的求关注的本能，会给其他人一种两情相悦、如胶似漆的错觉。爱情是从动物的择偶机制进化而来的，炫耀心理的作祟使得部分恋爱中的男女不能把握好爱情表达的度和量，因而会随时随地地表达自己对另一半的喜爱。这其实也是变相宣誓主权的一种方式，是自己不自信的表现。后来居上的石头生怕别人抢跑了自己喜爱的小吉，因而采用了这种颇为极端的方式表达自己的爱。

几年以后，小吉怀孕了。滋补过剩的她不再有着白皙的皮肤，不再有着婀娜的身姿，甚至为了宝宝的健康常会选择素颜示人。小吉的变化让石头觉得她不再是自己心目中的那个女人，他开始对她产生厌烦，甚至不想碰她。但为了维护自己的好男人形象，石头依然会时不时在微博上晒出对小吉那看似一成不变的爱。

殊不知，有时候张扬的爱情表达方式正是为了掩饰自己心里的不安与焦灼。内心的虚伪迫使他们想要极力地向外界证明，自己对对方毫无保留的爱。他们习惯用无数的点赞与祝福来弥补自己内心的不爱与愧疚，用时时刻刻撒狗粮的方式来安慰自己恐慌的灵魂，自我欺骗地向你证明：你看，我还是爱你的。但这种人可耻之处就在于，他们肆无忌惮地炫耀着自己幸福的同时，又在恬不知耻地落实着自己不爱你的事实，石头也是如此。

04

如狼似虎的年纪，长时间的寂寞让石头饥渴难耐。恰好这时出现了一个身材高挑、肤白貌美的女人。两人在KTV醉酒之后，顺理成章地发生了性关系，从那以后，KTV女人就变成了石头泄欲的工具。

基于愧疚，他每次在出轨之后，都会在微博和媒体面前渲染自己对老婆的忠诚和深爱。他用这种张扬放肆的表达方式，艰难地维护着自己精心建立的好男人人设，但与老婆的照片并没有赫然提醒他自己已是他人之夫。

美国心理学家斯滕伯格提出的爱情三角理论指出：爱情由三个基本成分组成：激情、亲密和承诺。而这其中激情是占第一位的，它指的是爱情中的性欲成分。性欲会让男人成为下半身思考的动物。做前如阴魔，做后如圣佛，在满足了性的需求之后，男人往往会想起自己的承诺，因而他们会采用夸张的爱情表达方式来弥补内心的愧疚与不安。

常在河边走，终究会有湿鞋的那一天。后来，石头的出轨消息被爆出，一时之间从好男人变成了众矢之的的“渣男”。在他发布的公开道歉微博中，还躺着对老婆表现无微不至的关怀与喜爱的文字与照片。曾经所有的海誓山盟，如今看起来更像是一则笑话，这更是应了那句话：越是张扬的爱，越容易失败。

有个定律说：越炫耀什么，说明内心越缺什么，或者是以高调掩饰什么。弗洛伊德的精神分析论否定了爱情的崇高和超凡。张扬的爱情表达方式是自我形象管理的外在表现。人们认为，将自己最完美的一面展现出来，才能获得更多的支持。高调表现爱的这种行为也是自我形象构建的一部分，而并非单纯地向对方传达自己的爱意，就像石头打着爱情的幌子，做着出轨之实。

05

秀恩爱，死得快。有时候，越张扬的表达方式越说明自己内心缺乏安全感。

恋爱中的男女对自己的感情不够自信时，潜意识中希望能够通过秀恩爱这种方式向外界宣告自己的占有权，从而自己也能从中获得满足感。当人内心越缺少某种东西的时候，越希望表现出自己在这件东西上的富足感。人的行为都是有目的性的，喜欢秀恩爱的人在采取张扬的表达方式之前就已经权衡过利弊，他们把秀恩爱作为弥补自己愧疚与抬升自己身价的砝码，这时候，秀恩爱就不在于恩爱二字，而在于秀了。

张扬的爱情表达方式会形成自己对感情预期过高的心理模式，大众的祝福会增加自己对感情的期待，期待越高，心理落差就越大。著名情感导师曾说：“越被人祝福的关系越容易破裂。预期高低决定关系长短，对一段感情的预期越高，在面对瑕疵和矛盾时就越无法容忍，关系维持无法长久。”过高的心理预期会使你无法正确直视感情中的矛盾和对方的变化，从而更容易被婚姻外的异性所吸引，形成我们口中的出轨行为。而这些都是秀恩爱所带来的负面影响。

其实，真正爱你的人是不屑在外人面前秀恩爱的，因为他眼里心里都是你，你对于他而言就是整个世界，一个身在世界里的人，怎么能看到世界外的事物呢？

爱情不需要再三确认，真正的爱情不需要向谁证明，只需要用心感受，是一种你知道我爱你就好的心定。

走到后来，我们还是都止于想念

> 后来，那个曾经让你爱得死去活来的人，
> 还是消失在人海之中。

01

后来，那个曾经让你爱得死去活来的人，还是消失在人海之中。

在电视剧《好久不见》中，由杨子姗扮演的花朵朵和郑恺扮演的贺言两人之间的情感纠葛牵动着观众的每一根神经。

从开始的不打不相识，到后来彼此心生好感，再到后来成为彼此的依恋，花朵朵和贺言跨越了一道又一道磨难，却在即将修成正果的时候，因为家庭和工作的变故，贺言不得不选择娶他人为妻。

宣布分手的那天，贺言被另外一个女人挽着手臂走向路边停靠的豪车，一次也没有回头看。

弹幕上说他是狠心的“渣男”，但是我猜他没有回头的原因，是害怕自己看到身后哭泣的花朵朵，还是忍不住心软。

深爱一个人，又怎么可能眼睁睁地看着她伤心难受，自己却无动于衷呢？

后来，努力工作的花朵朵从美国回来，创办了以自己名字命名的

朵朵网，并在一场创业人分享大会上和贺言不期而遇。

她站在距离他五米开外的地方，眼睛微红地说了那句：“好久不见。”

好久不见。

五年的时间，她从当初那个咋咋呼呼的女孩，蜕变成一个喜怒不形于色的职场精英。而他也从当年那个懵懵懂懂的少年，变成了如今这个架着金丝眼镜的职场男。

其实，他们想说的话，又何止于好久不见。

只不过过了这么长时间，纵使有一万句话堵在嘴边，能够说出来的还是那句好久不见。

有人说，看到了花朵朵就想起了曾经的自己，有人说，看到了贺言就想到了当年的他。

他们和我们一样，一样地用力拥抱过，流泪亲吻过，掏心深爱过，到最后也一样地离开了。

02

分开以后，能让你动心的人都长成了一个样子。

大学同学老李经常会和我抱怨，他说，不知为何，和女友分手之后，能让他动心的人都长成了一个样子。

确实。

和女朋友分手之后能引起他好感的人，或者和她有着相似的声音，或者和她有着相似的背影，又或者仅仅是因为有着相似的处事风格。总而言之，都有她的影子。

老李说，过了这么久，没想到还是忘不了她。

其实啊，用力地爱过一个人，很难再将记忆冲刷干净，然后若无其事地从头再来。

因为深爱，所以早已经把他的样子刻入了骨髓，也因为丢失，所以拼了命地想要在下一个人出现时弥补这个遗憾。而老李也是如此。

大学时期，一根筋的老李偷偷地喜欢了同届校友芒果好长时间。四年的时间里，他为芒果做遍了曾经自以为傻子才会做的事情——

他会跑几条街，为她买最喜欢的玫瑰奶茶；他会从网店逛到实体店，眼睛都不眨地精心为她挑选生日礼物；他也会为了她，彻夜学习四川麻将。

年少的喜欢，单纯得能掐出水来。

那时候，喜欢一个人，我们总是习惯不遗余力地对他好；那时候，我们不会计较得失与付出；那时候，我们也不懂得为什么很多人都会说喜欢和婚姻是两码事。

可是不知为何，当我们的帆布鞋换成了高跟鞋，当我们有棱有角的性格也渐渐变得圆滑，学会了低头哈腰，见人说人话、见鬼说鬼话，当我们越来越适应这个社会，却不知道在什么时候，弄丢了自己最想要牵手一生的人。

最终，那个陪伴我们一整个青春的人，还是停留在了记忆里。

再后来，能让我们心动和多看两眼的人，或多或少都有当年他的影子。

你告诉自己说，第二个他千万不要错过。可是纵使外貌五官再像，见证你青涩年华的也还是另外一个人。

弄丢一个人，无论何时，都很难再找回来。任凭你有九九八十一种能力，还是只能眼睁睁地看着曾经的海誓山盟，白头偕老的誓言都变成了泡影。所以到后来，所有的不甘心和喜欢都幻化成了那句埋藏在心里的“甚是想念”。

后来，你也会擦干眼泪，有自己新的生活圈，心平如水地向前看。

03

越长大，越难说非谁不娶。

知乎上曾有一个提问：

为什么当你深爱过一个人之后，很难再爱上别人？

其中，有一段高赞的回答，我个人甚是喜欢，他说：

当你认真谈过一段感情，最后却分手了，你会很难再去喜欢别人，你不想花时间去了解。就好比你写一篇文章快写完了，但老师说你字潦草把作业撕了让你重新写一遍。虽然你记得开头和内容，但你也懒得写了，因为一篇文章花光了你所有精力，只差一个结尾，却要重头来过。

深以为然。

年纪越大，越不知道真正爱一个人到底是什么滋味。

可能是伤疼了，哭得久了，内心最柔软的地方早已经生出了厚厚的茧。见证的风雨和故事多了，也开始不断地给自己设防，开始计较自己在这段感情中付出和收获到底成不成正比。

越长大，越害怕。

害怕用力爱过走到后来还是一场空，害怕到了该结婚的年纪却谈了一场本应该分手的恋爱。

恋爱的成本越来越高，能够忍受失败的人越来越少。所以演变到后来，尽管心有不满，尽管万般无奈，却还是不得不随便选择一个人把自己售出，麻痹自己说也算是对所有人有了一个交代。

可是，这所有人里面，却不包括你自己。

你在人人羡慕的眼光里，心静如水，活得像个行尸走肉。只不过，偶尔，你也会看着电视剧中那些为爱发狂的男女，嘴上骂着“智障”，眼角流着泪。

04

那个你用力爱过的人，如今身在何方？

这年头，到了岁数结婚的人很多，为了人民币结婚的人很多，因为爱结婚的却很少。

快节奏的时代，我们总是习惯说差不多就得了。

于是，我们有了差不多的工作，拿着差不多的薪水，和看起来差不多的人结婚生子。

可是，你一定忘了，几年前，你也曾拍着胸脯说过，一定要实现自己的梦想，也曾眼睛发亮地说，一定要嫁给自己喜欢的人。

只不过短短几年间，你就忘记了之前所有的誓言。

很多人在与生活对抗的这场博弈中都败兴而归，口口声声把当年的执着与冲动归结于年少轻狂，于是，看着自己深爱了多年的人慢慢走远，然后从彼此的生活中消失得无影无踪。

后来，你长发终于及了腰；后来，你终于买了车，有了房。

而那个在你生命中刻下印记，教会你如何深爱的人却不在了。

从分开的那一个瞬间起，你就不知道，这辈子还会不会在世界某个角落和他遇见，然后面带微笑地说一句：好久不见。

朋友，珍惜眼前人。因为，错失他，会成为你这辈子最大的遗憾。

爱一个人，是藏不住的

别不承认，藏得住的能被称作爱情才怪。

01

前几日，有读者在后台留言，口口声声地问有什么办法可以看出对方喜欢自己。

她说，最近好像得了一种被称为患得患失的病，心情的喜怒哀乐都随着某个固定的人变化。而最要命的是，对方每一次的若即若离都能成功地挑起她的微笑或者叹息。

她说，只要他张开手，自己就会毫不犹豫地跟他走。所以，她从清晨等到了黄昏，从三月等到了七月。

短短的四个月中，她已然在脑海中走过了与对方的一生。

沉浸在单相思中难以自拔的她，苦苦地等着对方表白，等着对方微笑着说的那句“在一起吧”，等着他单膝跪地的那枚戒指。

可事与愿违，时针在转盘上转了无数个圈，他们依然还仅限于是朋友。

度过漫漫长期的自我安慰后，她开始绞尽脑汁地搜集对方爱自己的证据。

她说，他一定是喜欢她的，不然为何会偶尔陪她聊天；她说，他一定是喜欢她的，不然为何会一见她就笑；她说，他一定是喜欢她的，不然为何有时会收到他的礼物。

不好意思。

偶尔陪你聊天可能真的是太过无聊，一见你就笑可能是出于礼貌，有时送礼物可能是出于客气。

大多时候，我们对别人来说都没有自己想象的那么重要。

在一段感情中，一方若要通过搜索各种细节来证明另一方感情的真实度，那他爱你的几率为零。

因为任何时候，爱一个人是藏不住的，若是有人真的爱你，他的一举一动都是你。

在他的眼里，你一出场，别人真的都显得是不过如此。

02

女生是个感性的物种，在爱情来临的时候，身体内突发的荷尔蒙常会让其超高的智商变成负数，也就是人们口中所说的恋爱中的女生都是傻子。但偶尔，还是会有一两个拎得清的姑娘。

一年前，在成都认识一位朋友，她是某个平台小有名气的主播，精致的外貌、姣好的身材让她成为了男人争相追求的对象。

就在我们讨论她会选择宝马男还是别墅男的时候，这厮竟拉来了一个长相气质皆平平的男人，美其名曰找到了属于自己的真爱。

别致的审美观还未来得及让我们叹为观止，一顿饭的时间下来，坐在她身边的男人就身体力行地告诉了我们朋友选择他的原因。

两个小时的见面中，他眼里唯一容得下的身影就是朋友，他口中动作里无一不充满了对她的宠溺——饭来了他怕太烫，饮料来了他怕太凉。

饭后告别，朋友跟我们一起走，有人打趣地问："为什么选择他？"

朋友意料之外地一改往日的嘻嘻哈哈，一字一顿地说："因为他更能让我心安。"

确实。

漫漫长路，比心动更难能可贵的是心安。这种心安的来源是巨大的安全感，是生活中点点滴滴的小细节，是走路永远在你身后，过马路永远都拉着你的手。

他也许不会说是不是喜欢你，你却不需要过问一次。

为什么？

因为真的爱一个人，都是藏不住的。

03

生活中有很多人，大道理都懂，可是放到自己身上时，脑袋就乱成了一团糨糊。

电视剧《我的前半生》中，靳东饰演的贺涵开始对马伊琍饰演的罗子君百般殷勤，以前一向孤傲的他竟会主动接送她上下班，会在聚餐时目光漫不经心地划过她的脸，会在老金面前紧紧搂住她的肩膀，会在她无助时为她出谋划策。

他不知道他爱了，却在每一个眼神里和扬起的嘴角上都展现着对她的喜欢。

所以你看，不管对方多么优秀，在喜欢的人面前还是会情不自禁地变成一个毫不计较得失的傻子。

真正喜欢你的人，都巴不得看到你的身影，听到你的消息，恨不得早日牵起你的手向天下昭告你们的关系。

但如果一个人对你若即若离，尺寸拿捏得刚刚好，毋庸置疑，你只不过是他网中的其中一个。

而你，爱的也只是自己脑海中的那些幻想。

别不承认，藏得住的能叫作爱情才怪。

那个曾经说非你不娶的人，最后与其他人成了家

很高兴，你能陪我走一段路。

01

郑恺和程晓玥分手了，意料之外却又在情理之中。

11月25日的下午，郑恺发微博承认自己和程晓玥分手，并公开表示两个人还是会彼此祝福的朋友。

这对曾经在节目中“甜炸”所有人眼球的恩爱情侣，在节目录制完之后不久，就回归了各自的生命轨道，也许从此以后交集甚少。

三年的恋爱，郑恺的微博里还躺着无数张与程晓玥的甜蜜合照，他也曾在节目中羞涩地表示：“我叫郑恺，站在我旁边的女孩是我的女朋友。”

他说过带她去遍世界每一个角落，看遍世界上每一个风景，可是谁都没想到，到头来两个人看完世界只需要三年的光影。

有人说，节目里的相爱总是抵不过现实的残酷，想象中的美好也总是被生活中的柴米油盐击破。

最可悲的，莫过于那些曾经说非你不娶的人，那些说过要陪你走一辈子的人，到最后都牵起了别人的手，与其他人成了家。

热恋时，他说“从今以后我会为你遮风挡雨”。可是后来，他却

为你带来了生活中最大的风雨。

走到最后，还是难逃一别两宽，各自安好的结局。

尽管不舍，还是咽下了那句“余生好长，你好难忘”，强颜欢笑地说出那句“来日方长，祝你幸福”。

祝你幸福，是最后能为你做到的事情。

02

人海茫茫，你有没有遇到过一两个人口口声声地说过：“亲爱的，这辈子非你不娶？”

总有一些人，浓情蜜意时的每一个动作都像是在向你表达爱意，每一句言语都像是在诉说这辈子非你不娶。

“非你不娶”四个排列组合的汉字，看似是坚不可摧的誓言，其实是爱情里最大的谎言。

前几日收到朋友葡萄的电话。

隔着北京到成都几千里的距离，我都能感受到她说话时的哽咽以及心底里冒出来的难受。

让她感到窒息的原因，是谈了四年的恋爱，在最后谈婚论嫁的时候还是分了手。

要命。

葡萄和男朋友来自南北方两个不同的城市，并机缘巧合地在大一的时候牵了手。

从恋爱到分手，葡萄男朋友说过无数次“这辈子非你不娶”之类的话语。每一次他说的时候，葡萄的眼睛都弯成了两个月亮，甜蜜之情溢于言表。

也是因为这四个字，她在某年的冬天第一次和男朋友开了房，并且在未采取任何安全措施的情况下，怀了孕。

为了保住学业，葡萄瞒着所有人打了胎。

胎打了，床上了，在毕业分手季的时候，两个人依旧难逃异地的诅咒，男朋友找尽了千万种借口，终于如愿以偿地分了手。

后来，葡萄才知道，这世界上没有什么非谁不娶，也没有什么非谁不嫁。

那些年，所有甜蜜的情话，到最后都会变成笑话。

03

曾经对你说过非你不嫁的人，如今都给谁的孩子当了妈？

曾经对你说过非你不娶的人，如今都给谁的孩子当了爸？

岁月匆匆，青涩年华里的白衬衫和黄裙子，都渐渐变成了记忆里的样子。

多年前，你们说要一起去的城市还在，说要一起看的风景也还在，可是到后来，和你看风景的却不是当年在深夜抱着你的男人。

他曾说过非你不娶，曾说过你们婚礼的仪式，曾说过以后生几个孩子，也曾说过要住在哪里。

他给了你关于未来全部的想象，却又猝不及防地抽离。

他给了你关于未来全部的希望，却又留你一个人在人海浮沉。

我曾经采访过一位因为彩礼问题而和女朋友闹崩了的男生。

热恋时，他许下全世界最浪漫的诺言，结婚时，却因为几万元的彩礼毅然选择分道扬镳。

男生说："没想到你这么物质。"

女生说："没想到我们的感情这么经不起考验。"

于是，走到最后的时候，那个和她讨论过无数遍生几个孩子的男人，还是转过头与别人成了家。

原来，"非你不娶"都是逢场作戏的情话。

又或许脱口而出这四个字的时候，都是掏心掏肺的真心话。可是走到后来，还是敌不过时间差。

从恋爱到分手，每一个甜蜜的瞬间都曾被期待变成永远，每一个"非你不娶"的誓言都曾被期待实现。

只不过，或许多年后，当你们在某个街头碰面，还是难逃那句："好久不见。"

世间繁华，有的人能够牵手陪你走一辈子，而有的人则只能陪你走一段路，从鲜活的陪伴退化成脑海里的记忆线。

你会记住他的出现，在很久以后微笑着回忆想念那些年的"非你不娶"和"非你不嫁"。

很高兴，你能陪我走一段路。

很遗憾，我们不能像期待中那样走完。

她所有的惴惴不安，不过都源于对你的喜欢

爱情里所有的惴惴不安，

不过都是源于对另外一方的喜欢。

01

有人说，无论胆子多大，我们在喜欢的人面前全部都是胆小鬼。

深以为然。

也许我们可以仗着胆子一个人摸黑走夜路，可以一个人熬过漫漫孤独，可以一个人挺过巨大的无助，但只要面前站着自己喜欢的人，我们还是惴惴不安地担心着自己的发型是否整齐，自己的服装是否搭配合理。

越是深爱，越是小心谨慎，也越是在不经意间成为了曾经自己口中的那个白痴加弱智。长此以往，我们却乐此不疲。

前几天，一男性朋友在群里疯狂吐槽女友的笨拙，他嫌弃她不会说话，抱怨她事事都要向他请教。絮絮叨叨的言论里，充满了对女友的鄙夷，他说自己不明白，为什么谈个恋爱会让人变得生活不能自理。

他口中的那个情商与智商双低的女生我见过，高挑的身材，精致的五官以及甜美的微笑，总是能在最短的时间内收敛大批人心。

可就是这样一个优秀得不能再优秀的女生，在谈恋爱之后还是会胆小如鼠，还是会担心忐忑地问着自己的行为是否正确，自己的言论

是否得体。

其实啊，爱情里所有的惴惴不安，不过都是源于对另外一方的喜欢。

02

之前做活动时，认识了一位情感分析师。

年仅26岁的她常常在自己的博客上为大家总结分析情感问题。什么一秒钟辨别“渣男”，什么十大招教你拒绝暧昧，什么爱一个人的前提是先学会爱自己。

我原本以为，像这样理性的女人这辈子都会在恋爱中占据上风，对待任何男人都会手到擒来。但没想到，某天下午，突然收到了她的电话，言语之中皆是忐忑不安。

电话那头的她，甜蜜地说着与另外一个人的回忆，一遍一遍地问着：“二璐，他到底爱不爱我？”

我没回答，咯咯地笑着听她在电话那头自问自答。

末了，快挂电话的时候，她半开玩笑地说：“没想到，我一个阅人无数的情感分析师，竟然也会在深夜想着某个人，念着某段不确定的爱情。”

很多时候，女人在恋爱中智商为零的说法并不是空穴来风。

因为，这个世界上总会有一个人出现，将你这么多年积累的掌控能力瞬间瓦解，让你拿着手机，痴痴地幻想着他不回你短信、不给你打电话的原因。

以前你觉得秒回是矫情，现在你觉得多一秒钟都是煎熬生命。

关于未来，你不停地猜测，不停地寻找借口，又不停地推翻重来。

也许你不知道，当你爱上一个人的时候，他就成了这个世界上对你来说的独一无二。

03

《超级演说家》刘媛媛说过：某天当你爱上一个人，就像是突然有了软肋，又突然有了铠甲。

我们怀着惴惴不安的心情，绞尽脑汁地无时无刻不想把自己最美好的一面展现给对方，心心念念地想成为彼此生命中的太阳。

或许你还没有发现，在无数个瞻前顾后的日子里，我们都变成了自己口中那个心口不一的胆小鬼，满心欢喜却又小心翼翼地拿捏着对他的喜欢走在大太阳下。

你怕他知道，又怕他不知道。

你想要对他好，又想要故意对他不好。

只要他一微笑，你就在脑海里度过了和他牵手下半生的日子；只要他一招手，你就会情不自禁地往回走。

真正的爱情不一定让你变成孩子，但一定会让你胆子变小。

少年，当你看到这篇文章时，脑海里浮现的那个人，就是能让你胆子变小的源头，也是你甜蜜的加工厂。

最后，愿我们都能如愿以偿地做一个被爱情齁死的胆小鬼。

我所有的搞怪耍宝，不过都是因为爱你

> 他做不了中央空调，也不是别人口中的暖男，
> 但他却用别具一格的方式默默地爱着你。

01

追电视剧《十里春风不如你》时，除了被周冬雨和张一山的精湛演技所折服外，还深深地被周冬雨饰演的小红所感动。

这个女生小小的身体里藏着巨大的能量，面对喜欢的人，即使被他封为“灾星”，也依然乐此不疲故作不经意地出现在他身旁，以搞怪耍宝的方式换来他对自己的注意力。

印象最深的一幕，是小红举报秋水偷红烧肉给大家吃，然后眼睛眯成一条线地作为监督员，陪他去操场罚站。

因为有了彼此的陪伴，所以连代替全班罚站这种枯燥无聊的事情都变得如此生动有趣。

剧中有无数次，秋水都直言希望小红可以离自己远一点。可每一次，小红都会眼睛弯弯地再次用恶搞的形式提醒他来记住自己。霸气如汉子的她，会默默为了他涂口红，为了他与教官作对，为了他一口气喝一整瓶啤酒。

她也并非是没心没肺，只是不知道用什么方式才能正确表达自己的爱意。

所以后来她打破了自己的原则，改变了自己的习惯，恬不知耻地一次又一次出现在他的视线中。

有人说这是犯贱，有人说这是勇敢。

可无论哪般，能让我们心甘情愿、肝脑涂地对某个人好的唯一原因，就是深爱。

02

一年前，毕业吃散伙饭的时候，班内一个名不见经传的男生在酩酊大醉之际，趁着酒劲，说出了埋藏在内心四年的话语。

他说，自己陪了一个女生四年，四年的时间里，只要她出现，他都会想尽办法博得她的关注，甚至从大二的下半学期开始，他就当起了她的小弟。

他说，有她在的时光里，日子总是过得飞快无比。她说，他在的每一分秒里，到处都充满了恶作剧：

他会故意把蟑螂放在她的书包里，然后哈哈大笑地看着她皱着眉头忘乎所以地尖叫；他会故意买很多水果，然后漫不经意地拎到她的寝室楼下，趾高气扬地说喂狗不如给她；他也会在电话这头口气沉重地责骂，然后不顾一切地飞奔到她出事的现场。

他从来没有说过喜欢，但每一个举动都充满了爱意。

比没有在一起还要更可悲的是，那个女生对他的搞怪耍宝嗤之以鼻。她不明白，为什么看起来文文静静的一个男生到了她面前，竟会判若两人。

她也曾想过他是否喜欢自己，但想破脑袋都不觉得，世界上会有这种表达爱意的方式。

但是后来的后来，她竟开始怀念，当年的那些搞怪耍宝以及那些令人啼笑皆非的恶作剧。

她说，如果可以重来，她一定奋不顾身地和他在一起。

很多时候，那些在我们面前展现出另外一面的人儿，一定是下了很大的决心，想要通过各种各样的办法，来若隐若现地诉说自己的爱意。

而搞怪耍宝和神经病式的举动和言语，只是众多办法当中的之一。

03

也许你不知道，那些看似信手拈来的搞怪耍宝藏着他们多少忐忑的心跳，多少次的练习。

爱一个人，真的想要不由自主地通过各种方式靠近你。

张爱玲曾说，喜欢一个人，会低到尘埃里，然后开出花来。

但每个人开出的花颜色各异，其中就有那么一群人，拼了命地想要引起你的注意，他们顶着不要脸的头衔，戴着神经病的帽子，绞尽脑汁地想着各种能够让你印象更加深刻的法子。

赵又廷这个被大众认为说话最少的男神，在接受采访的时候曾说，自己与高圆圆在一起时总是有说不完的话。他说，他会在她走累的时候陪着她，会在过马路时牵着她的手，偶尔也会买一些小东西搞搞恶作剧。

他说话时的每一帧里，嘴角都洋溢着微笑。

有人评论说，这才是爱情原本该有的样子。他所有的捣蛋调皮都是因为你，他所有的担心和责骂都是对你，他所有的搞怪耍宝也全部都是对你。

他曾牛气冲天地说要给你大风大浪，可是后来才发现，遮挡你所有风浪的人，都是他。

他做不了中央空调，也不是别人口中的暖男，但他却用别具一格的方式默默地爱着你。

也许很久以后的某一天，你才会听到他心底里的那句：我所有的搞怪耍宝，不过都是因为爱你。

感谢你，出现在我的生命里

> 有缘有分固然可喜，但有缘无分也不必可惜。

01

深夜，和朋友坐在北京后海的酒吧，他猛灌了自己N杯酒后，听着台上飘出的那首应景的《滴答》，开口说了第一句话。

他说，他过几天要去参加一个期盼了很久的婚礼，可惜新郎不是他。

我没说话，低头晃了两下杯子中的酒，突然觉得这个世界有时候糟糕得让人心发慌。

旁边酩酊大醉的朋友要参加的婚礼，是他前任的，那个曾经陪他在冬天住过无暖气的地下室，在夏天的凌晨陪他摆过地摊以及为了省几块钱的公交而选择徒步的女人。

他们从大学一路牵手走到社会，恋爱六年的光影里都映刻着两人彼此的欣赏与爱意。

他喜欢她一头乌黑的长发，喜欢她说话时的温文尔雅，甚至连她的无理取闹在他看来都是世界上最美的情话。

因为爱她，所以他巴不得把世界上最好的东西都拿给她，所以后来，他拼了命地工作，拼了命地攒钱，拼了命地想要给她一个家。

可是拼到后来，他的命还在，她却成了别人口中的“亲爱的”。

离开的时候，他站在机场，问她何时才能再见面，她说再见时她一定身披婚纱。

一晃五年过去了，朋友交了新女友，却迟迟不肯谈婚论嫁。

他说，他曾经承诺过要先看着她穿上婚纱。

末了，朋友又说：“我深爱过的人，一定不能过得比我差。”

也许，当你真正地深爱过一个人，才能切身体会到什么叫作恋爱使人智商下降这一说法。

02

某个知名作家曾说，如果你深爱过，就应该知道，能让你掏心掏肺的爱情，这辈子只有一次。

那时候，我们不去计较谁挣得更多，不去比较什么是门当户对，不去小心翼翼、按部就班地策划未来与生活。

无知懵懂的时代，爱一个人，只是因为：她刚好长成了你喜欢的样子。

正因如此，你才心甘情愿地想要跑几条街为她买喜欢吃的豆浆油条，愿意陪她看一场又一场无聊的电影，愿意放下手中的王者荣耀被她拉着去逛街，还满口称赞地说“好好好”。

因为喜欢她，所有曾经在你眼中讨厌的事情都开始变得十分有意义。

也许你不知道，她也曾幻想过和你的婚礼，幻想过为你围上围裙，洗手作羹汤的样子，也曾暗暗地在心中发誓要执子之手，与子偕老。又有可能，她都悄悄想好了你们的孩子叫什么名字。

可是后来，你们还是因为种种因素，各自散落在天涯的某一端，活成了彼此记忆中的那个人。

后来的后来，你所有牵手的人都成了将就，而她也嫁给了差不多先生。

生活的绝妙之处就在于，让我们体会过第一次心动，第一次掏心掏肺，第一次同甘共苦，第一次产生结婚念头的是一个人，而和我们沉浸在柴米油盐，共享平凡生活的却是另外一个人。

你安慰自己说，婚姻大抵都是如此，但还是会在某个瞬间，低头沉默又或者突然泪流满面。

因为，怀念深爱过的一个人，才知道什么叫作无力回天。

某个静止的瞬间，你想知道，那个曾经让你躲在被窝里悄悄说“我爱你”的人，那个曾经占据了大半个手机内存的人，那个曾经让你漂洋过海满心欢喜的人，如今过得好吗？

03

《那些年，我们一起追过的女孩》中，沈佳宜最终嫁给了一个相貌平平的适婚男；《从你的全世界路过》中，坐在出租车上被猪头追着跑了很久的燕子还是越走越远；《致青春》中，敢爱敢恨的郑微还是成了陈孝正发展事业的炮灰。

他们都曾在彼此的青春中占有异常重要的一席之地，也都曾满心期待地牵手勾画一个属于彼此的未来。但是后来，还是因为种种原因，成为了彼此生命中那个擦肩而过的路人。

之后的之后，他不再知道你到底是长发及腰还是短发可俏，不再知道你住在哪个地方，不再知道你现在从事什么行业，而你也不再知道他常常穿的是西服还是休闲装。

我们都会慢慢长大，也会慢慢成长。那些曾陪我们走过最美好韶华的人，可能静静躺在你的黑名单中，可能早已经成为了别人的新郎。

有缘有分固然可喜，但有缘无分也不必可惜。

也许有一天，再次遇见，我们都可以面带微笑，谈吐优雅地说那么一句："感谢你，出现在我的生命里，曾带给我关于未来盛大的典礼。"以及埋藏在心里的那句："你现在过得好吗？"

那些咬牙死撑的岁月里，藏着你最美的模样

你为什么要努力——

因为你的父母不在身边，

因为你还没给他们买大房子，

因为他们还没去过远方，

因为很贵的东西他们都说不喜欢，

因为他们只有你。

那些咬牙死撑的岁月里，藏着你最美的模样

现实与理想之间的鸿沟，
摔下去叫挫折，爬起来叫成长。

01

2017年7月的时候，我换了人生中第二份工作，切身地体会到什么叫作成长。

初入公司时，由于人事变动，我从一个编辑变成了运营，做着并不擅长的领域。秉承着接受命运安排的意念，在公司待了两个月。

两个月的时间里，空降的直属领导对我并不满意，提案全部被否定，经历着身旁同事的不断排挤。

因为太过珍惜，才想要更加努力。

在那段岁月里，我见证了七次北京四点的凌晨，以往干净整齐的床上也变成了书籍遍布的模样。我不知道怎么努力，只想要拼尽全力，多学习一点，达到领导满意的程度。

坦白地讲，在那段上班如上坟的日子里，我过得一点都不快乐。办公室政治以及阿谀奉承的小伙伴常常压得我喘不过气。从第一家公司跳槽出来时，我还不够聪明伶俐，只是会一味地低着头把手上的事

情做好。

事实证明，职场上想要如鱼得水，必须要眼观六路，耳听八方，要够灵活，要够圆滑，要揣摩别人话里的意思。

说实话，很累。大脑飞速转动的时光里，藏着无数次在地铁里流的泪，无数次心被敲碎的声音。

工作的不如意，让我生活的每一分钟都过得举步维艰。有那么几次，我逛街经过顺义新世界时，看见在喷泉中欢呼雀跃的小男孩，特别羡慕。

我羡慕他们脸上的笑容与无拘无束的样子，羡慕他们可以自由自在地做自己。那一刻，我真心觉得，自己活得像是一个傀儡，日复一日地过着自己并不想要的生活。

再三权衡之后，我选择了辞职。在小雨沥沥的一天，抱着自己办公桌上的全部私有物品，离开了那个外界挤破头都想进的公司。

职场如战场，而这一场战役，我从一开始就输得一败涂地。作为一个《甄嬛传》中活不过三集的人，一出场我就输得一败涂地。在这场毫无准备的争斗中，我改变了自己的原则，才会过得越来越不像自己。

回程的地铁上，眼睛涩得发慌，下午六点钟的高峰期，我被人潮挤在了一个微不足道的角落里，拿着仅有的一张卫生纸，来来回回地擦着眼泪与鼻涕。

那个时候，我不知道自己的未来迈向何方，又该有什么意义。

跳槽的失败更加像是我参加十米跳水时，溅起了一个超大的浪花。失魂落魄的每一天，我都感觉像是自己把手中的一副好牌打烂了，而且无人能说。

路口的上百条道路，每一条都看似光芒万丈，但每一条又都找不到方向。

寒冷来袭往往就在一瞬间，我感觉到日渐逼近的寒冷，想着这个月的水电，下个月的房租，像个缩头乌龟，万分无力。

为了咬紧牙关，不向父母开口要钱，在辞职三个月的时光里，吃了整整两箱子泡面。导致后来，我对泡面有了恐惧症，大概这辈子都与泡面无缘了。

出于缓解心理压力的目的，我常常窝在北京十平方米不到的出租屋里，看着整日整日被拉住的窗帘，听着偶尔从屋子外传来的蚂蚱的声音，不知何去何从。

那段时间里，我关了整整两个月的手机，知道房东敲我的门，提醒我已经拖了两个月的房租时，我才发现自己还正儿八经地活着。

小时候，我妈常说，活着就没有什么过不去的坎儿。再难的事情，只要你死撑到底都会看见不一样的未来。

之前一路顺风顺水，妄自菲薄地遥望着这个世界，直到后来，在一次大跨步的前进中，才真正体会到这句话的真正意义所在。

任何时候，跨过困难的勇气都不只是说说而已，我们更应该把豪情壮志的言语转化成行动力，然后头也不回地在日夜变化中变成更好的自己。

02

三个月之后，我从床上爬起来，破天荒地将窄小的出租屋里里外外都打扫了一番，然后洗了个澡，剪了新发型，用信用卡买了新衣服，鼓起勇气参加了大大小小的无数场面试，终于选择了一家双方都满意的企业。

可能因为太久没有上班的缘故，得到入职通知的那天，我竟莫名地有些心慌。上一次不太愉快的工作经历，好像在脑海中留下了后遗症。

开朗了二十多年的我忽然开始害怕接触人，害怕再次被众人指指点点，害怕连最基础的东西都做不好，最重要的是，我害怕二次跌倒。

坦白地讲，我从心底里为当时的自己捏着一把汗，从心底里散发的不自信在十里之外都能感觉得到。

入职的前两天，和北京的几位朋友聚餐，他们大大咧咧地安慰我说：“怕什么，你还这么年轻，大不了从头再来！”

大不了从头再来。

简单却有力量的几个字，瞬间击中了我几个月以来慢慢垒砌内心的冰箭。过去的时光里，因为太害怕再次失败，所以我浑然不觉地选择裹足不前，因为被打击得一无是处，所以我开始不断地怀疑我自己。

二十多岁的年纪，总是想着一步登天，总是想着不再绕弯，总是想着每走一步都是上升。

其实啊，在那些兜兜转转的逆风中，我们才能体味人间百态，才能看见不一样的社会和不一样的生活状态，也才能拥有更加完美的自己。

任何时候，发现缺点才能得到改变，没有意识，只能够停在原地，沾沾自喜地享受着现状的完美。

世间最美的风景，永远都只在荆棘路的尽头，只有尝过苦，才会更加懂得甜的味道。

尽管迟疑，我依旧抱着大不了从头再来的念头办理了入职手续。只不过和想象中不同的是，我在新公司变成了另外一种样子，没有遇到脑海中担心的情况。

所以你看，在经历了挫折之后，哪怕从零开始，你也不再是之前的零了。

没有伞的孩子更知道努力奔跑，经历过难熬的日子才能更懂阳光。

现实与理想之间的鸿沟，摔下去叫挫折，爬起来叫成长。唯有经历过独自走过漫漫长路的无助，才能在迎风飞翔的时候，稳准狠地调整自己的方向。

罗辑思维罗振宇曾在节目中说过，万物皆有裂痕，那是光透进来的地方。

也许你正在职场中备受排挤，也许你正在为亲朋的离去伤心不已，也许你在北上广深独自居住却害怕黑夜，也许你蜷缩在小城市接受着周围人鄙夷的目光，也许你刚刚结束一场想要白头到老的婚恋。

这一切都没有关系，因为你摔得再狠，你也还是你。风雨加大砝码地来袭，只不过是为了让你汲取更多的养分，或是破土而出或是冲天拔高。

一个人经历过难挨的日子，是生活馈赠给你不可多得的财富。

当你颤抖着走过坎坷后会发现，展现在你眼前的将是一马平川。

那些咬着牙死撑的岁月里，藏着你最美的模样，也掖着你对美好生活的向往。

不要放弃。

因为你每走一步，都是对自己的奖励，我们都要学会在逆风中，展翅飞翔。

笑不出来就别笑了，你的眼圈都红了

遗憾的是，假装好却不能成为真的好。

01

你平生什么时候演技最好？

哈哈大笑的时候。

前几日，读者芒果在后台留言，用调侃的语气说自己今天的演技又上升了一个档次。而令她故作自嘲的原因，不过是逼真到骨髓里的演技没有被戳穿而已。

芒果说，她是一个毕业不到一年的职场小白，上级领导在某次决策失误后，将全部的错误都归到了她身上。因为被迫成为了背锅侠，在全公司的总结大会上，她不仅被领导当众责骂，还被扣除了上半年的工资绩效。

自始至终，她都没有解释过一次，更是在总结大会上面对领导的高声呵责，保持着嘴角上扬的姿态。不仅如此，她面对会后领导的再三指责，还边笑边说“应该的”。

没有人知道，她此刻难受得像一个刚刚倾家荡产的女人，也没有人可怜，她那颗小心翼翼，被自己伪装起来的自尊心。

她说，一天之中，最喜欢的时间是独自躺在十平方米不到的出租屋里时，尽管那里狭小潮湿，但仿佛只有那个时刻，她才会是她自己，也才会褪去一身伪装，回归成本来的样子。

“好累”，是她留言的最后两个字。

确实。

太多的思想和文章，都教育我们要把哭泣调成静音，要坚强，流泪哭泣不是好男孩好姑娘。

可是，又有多少人关心，你努力微笑时眼圈到底红了多少？

02

之前，网络上曾流传着一张照片，照片中穿着西装的男子坐在地铁上，大口大口地吃着手中的肉夹馍，想哭又不敢哭。

也许他刚刚经历了一场上司的责骂，也许他刚刚丢失了自己赖以生存的工作，也许他刚刚和相恋多年的女朋友分道扬镳。

我们无法得知他失魂落魄的原因，却能清楚明白地看到他强忍着不哭的样子。

有网友留言称，看到他被折磨得如此狼狈的样子，真心疼。

其实，与其说心疼地铁男子故作坚强，倒不如说心疼散落在世界各个地方的自己。

曾几何时，你也这样过吧？

明明难受得要命，却假装开心得要死；明明想要大哭一场，却任由笑容在脸上绽放。

生活很难，难到每走一步，都需要花费我们巨大的精力。好多次，都想要不顾一切地大哭一场，可是到了临门，还是习惯性地强忍着即将奔涌而出的眼泪。

出于面子，出于自尊，出于种种原因，你都必须只能像个傻子一样哈哈大笑，别无选择。

此时此刻，或许我们是别人眼中的一条丧家之犬，却是我们自己心中的超级英雄。

03

来北京第二年的时候，我受到了人生的重创。

因为和公司空降的大领导性格不合，遭遇了职场中的滑铁卢，上班如上坟的几个月里，我度过了最艰难的生存时期。

几经权衡之后，我选择了离职，带着自己仅剩一点的力气，离开了一分钟都不想多待的地方。

从公司走的当天，人事朋友送我到地铁站。林林总总聊了一些关于以后的想象和发展，满脸笑容地说“不用送了”，却在转过身的一瞬间，抑制不住地泪流满面。

有的委屈，咽下去还是会翻江倒海地涌上来，在表演即将谢幕的时候，排山倒海而来。

每个游戏都有它自己的玩法，生活也不例外。那些看似被社会打磨得越加圆滑的人，其实某个转身的瞬间，你就能轻易地发现破绽。

我见过有人被人当众扇耳光，还笑容满面地说着“您解气就好”，也见过他捂着脸上的巴掌印躲在厕所里的黯然神伤。

我见过北京街头上演分手戏码时，双方心平气和握手“拜拜”的样子，也见过他们转过头，泪流满面的模样。

都说眼见为真，所以我们才要拼命地伪装，不让自己在人群中尴尬至极，难堪至死。

但遗憾的是，假装好却不能成为真的好。

朋友，笑不出来就别笑了，你的眼圈都红了。如果真的难受，那就大哭一场，然后化茧成蝶，重新活成自己想要的模样。

04

前些日子和朋友聊天，她站在落地窗前一动不动，任由秋日的阳光折射在脸上，映出一片亮晶晶。这样的状态过了好久，朋友才转过头问我：“二璐，你说我这样的状态什么时候才能过去？”我看到她滑落在上扬嘴角的泪滴，特别想走过去抱起她大声哭泣。

中国有句话说，人要是倒霉，喝凉水都塞牙，朋友就是如此。

在亲眼见证了男友劈腿的场景之后，又因为和领导意见不合，被调去了其他部门，在颇受排挤的情况下，不得已选择了裸辞。

浑浑噩噩，混吃等死了一个月，莫名接到了父亲病危的消息，二十万元的治疗费成了父亲一条命的价钱。朋友看着银行卡中不足两万的余额，坐在医院的门口抽了人生中第一根烟。

后来，她告诉我，那一刻她曾想过要去卖身，可是想到陌生男人在自己身体里摩擦的场景，还是忍住了制作小卡片的冲动。

朋友说，那个时候她才发现，人生最苦的时候，是哭不出来的。你孤独地站在大海中间，眼睛涩得要命，面无表情地体味着心在窒息。

我不知道朋友用了怎样的毅力才只身走出了沼泽地，只能看到再次相见时她脸上重新散发出的青春洋溢。

我们，总要一个人经历一些难挨的日子，才会将所有的眼泪铺垫成强壮的代名词。

你必须更努力，才能看起来毫不费力

在走上坡路的时期，我们必须更加努力，
才能看起来毫不费力。

01

有人说，当你感觉到人生困难时，说明你正在走上坡路。

确实。

条条大路都能通罗马，但每条路中的曲折坎坷、个中滋味都只有亲身走过的人才知道。

很多时候，我们只会一味地羡慕别人面带笑容地走在康庄大道上，却忘记了他们也曾赤脚走过一片难走的荆棘路。

这个世界从来都不会有什么命运垂青，所有能达到自己人生目标的人，无非都是机会刚好撞上了努力而已。

你得相信，每一个熠熠闪亮的光环背后，都是长达很久不为人知的埋头努力。

之前因为运营公众号的原因，常常会在后台收到很多留言，其中不乏有人抱怨命运的不公平，以及愤世嫉俗地指责为什么别人的人生好像是开了挂。

他们说，这个世界好不公平，同样的年龄里，别人能够月入2万，而自己还在节衣缩食；别人能够靠自己的能力买房买车，而自己还在为一个三位数的包纠结半天。

为什么？

我想大抵是因为每一个加工到凌晨的文案，每一个被放弃的休息日，以及每一个拎着行李满天飞，快要累到吐血的深夜。

越努力，越优秀；越优秀，越努力。这是一个良性的循环圈，以致走到最后，优秀已经成为了一种习惯，一种可以把上坡路变成坦途的能力。

02

来北京之前，我是一个吊儿郎当的人，常因为逃课还能拿到奖学金沾沾自喜。我以为，自己凭借着绝顶聪明的脑袋可以毫不费力地在社会上把路子越走越广。

后来，我才体会到，以为和现实之中间隔的那千千万万道鸿沟。

北京的人才多我知道，但多到如此地步还是让我始料未及。这个连空气中都充满了忙碌的城市，站在天桥上随便扔一个纸条，砸中人才的几率为98%。

街道上匆匆忙忙的脚步，吃饭时的忙里忙慌，社交时间的减少再减少，更加扩大了撑得起优秀二字的人才基数。

在北京待的时间越长，从分子转成分母的机率就越大。时刻被紧张气氛包围的他们有一种只争朝夕的紧迫感。

强压之下出人才，北京也不例外。

在长时间的分秒必争的环境里，越来越多的人收起了自己的放荡不羁爱自由，低下头变成了曾经自己口中那个只知道努力的傻子，而且乐此不疲。

他们说，我必须更努力，才能看起来毫不费力，才能更对得起自己的心安，对得起自己的北漂生涯以及在灰暗潮湿的地下室里度过的日子。

03

作为刚进入职场不久的小白，我在内心中常暗示标榜自己为努力的榜样，勤劳的楷模。

直到后来，我无意间知道，公司新来的同事为了保证项目正常开展，加班到凌晨两三点已然成为了家常便饭。重点是，气质优雅、能力超强的她还是个刚生完孩子的妈妈。

本来可以安心享受全职太太生活的她，却再次毅然扭头投身职场，与一群老油条们肉搏厮杀。

原来，比你优秀的人一直比你还要努力。

生活真的很搞笑，它用最短的时间把人分成了三六九等。二八定律永远适用于世界上任何一个角落，所有的光鲜背后都是你不知道的努力。

但可悲的是，优秀的人自始至终都在往上爬，剩下的乞讨者除了消耗上帝赠与他们的时光外，如同行尸走肉一般吃喝拉撒，所以，我们有什么理由不强大？

在走上坡路的时期，我们必须更加努力，才能看起来毫不费力。

最后，愿你的能力配得上你的野心，愿你成为自己口中的英雄，愿你活成自己想要的模样。

路还长，但你得学会加速跑。

你才二十多岁，为什么怕输不起？

你一无所有，还怕输什么？

01

知乎上有个备受追捧的问题，叫作：二十多岁该做什么，将来才不后悔？

千万条回答中，一句“能够让你后悔的，从来不是你做过的事，而是你想做却没有去做的事”被众多网友纷纷点赞留言，直言戳中了内心。

快节奏的时代，让不少人二十多岁的韶华时光，都活成了八十多岁的生活状态。他们小心翼翼、固步自封地生活在自己百年不变的稳定生活圈，一面满眼羡慕地看着同一起跑线上的人群渐渐地活成自己曾经最渴望的模样，一面又战战兢兢地自我安慰说现在这样的日子其实也挺好。

所以后来，他们顺从父母回老家考了公务员；所以后来，他们听安排，找关系如愿进了事业单位；所以后来，他们活成了稳定与安好的代名词，也在这种吃饱混天黑的生活中变得日渐麻木。

可是他们记得，自己也曾有血有肉地鲜活过。

不然，为何会在某个深夜翻着曾经发誓要做成某件事的“说说”泪流满面；不然，为何会在坐在领奖台下的某个瞬间，心生失落；不然，为何会在往昔同学聚齐时忽然沉默。

你骗自己好多次，说，自己的日子好多人都求之不得。

但依旧会在无数个瞬间摸着良心，皱着眉头怪自己太怕输不起。

太怕输不起，才会微笑着退而求其次选择了一份看起来不错的工作，才会放弃相爱多年的恋人，面带微笑地嫁给另一个只见过几次面的有车有房男。

你说，这才是生活。

输不起的心态改变了你人生的轨迹，让你堂而皇之地躲在温室中，二十多岁的脸庞下充斥着八十多岁的思想，渐渐失去了奋力一搏的能力和时机。

02

少年，二十多岁，就是你最大的资本，我们可以在不断的试错中调整自己的步伐与方向，可以在不断的埋头苦干中实现自己爆发前的原始积累。

这个年龄段，褪去了十几岁的青涩，也还未达到而立之年拖家带口的状态。此时的你，就单单是你。

你可以有大把的时间进行挥霍，也能够有足够的时间提升自我；你可以凌晨在KTV唱着歌，也能够躺在床上看着英语授课直播；你可以绕过棘手困难的问题，也能够微笑着含泪爬过一个又一个山坡。

爬山不易，放弃者居多。

很多人在二十多岁的年纪里，都是见到别人牛就眼馋，轮到自己吃苦就抱怨。他们整日羡慕着别人的生活，却始终不愿低下头，完成硕果成熟前的原始播种。

这世界上没有什么东西可以从天而降，也从来不存在天上掉馅饼这一说。

那些令你眼巴巴仰望的闪光人群，一定走过了很长一段时间不为人知的修炼期，才能变成如今眼前这个360度闪光的成功人士。

年少的时光，从来都是一逝而过，如果你想要过上超越别人的生活，就要舍得吃下超越别人的苦，这是上帝对奋斗者的公平，亦是对他们的奖励。

03

冯唐写过一首诗，告诉女儿她自己的手艺比男人重要，头发和胸和腰和屁股比脸蛋重要，内心强大到混蛋比什么都重要。

事实。

认识的人当中有两个资历相同的姑娘，一个毕业后去了深圳，一个回了老家。

饯行的时候，回老家的姑娘，一副趾高气扬的姿态指责着另一个姑娘，头头是道地说着南下深圳的艰苦，说她一定熬不住。

深圳姑娘没反驳，只是一杯接一杯地喝着眼前冒着气泡的扎啤。

散场的时候，她深吸了口气说："不畏将来，不念过去。"

几年的摸爬滚打，再见面时，深圳姑娘坐在高档餐厅里，言行得体地谈论着这些年的经历。

她说，自己曾在无数个深夜痛哭过，无数个口口声声说一定要放弃的时刻之后，依旧擦干眼泪，咬着牙做着工作。

如今她所有的端庄得体，财务自由，无一不是当初无数个日夜咬牙坚持的结果。

她说自己不怕输，所以不会输。

人生总有一段荆棘路要走，二十多岁或者三十多岁，又或者四十多岁。

如果你不想让自己在三四十岁的时候穿着地摊货，逛着人声嘈杂的菜市场，不如就趁年轻，用力地走远一点，再远一点。人生没有白走的路，你走的每一步都算数。

再说，你一无所有，还怕输什么？

死磕才是打败一切的根基

"——总有一天，你会变成更强大的自己。——"

01

2017年8月，《战狼2》以迅雷不及掩耳之势刷爆了各大媒体平台，其剧情的紧凑性和每一个画面的极尽完美，让每一个观影群众都对这部国产片叹为观止。

也正是因为这样，《战狼2》在票房冷淡的八月以及排片量被排挤的情况下，依靠着绝佳的口碑杀出一片重围，打破了华语电影的票房纪录。

不少业界人士都说，没想到名不见经传的吴京就这么轻而易举地站着把钱挣了。

其实，他们没想到的还有很多，比如吴京为了片头3秒钟的跳水镜头拍摄二十六次，为拍好坦克戏，竟真的去了解坦克的功能和操纵范围，学习如何装载炮弹。再比如，这个只需要花费三四个月就能拍摄完成的作品，吴京带着拍摄组在非洲整整待了十一个月。

最终，这部他拿命拍摄的电影颠覆了人们对于国产剧的认知，默不作声地改变了中国人无法拍出好作品这一扯淡的理论。

有人说这是运气，有人则将全部归结于只是善于炒作而已。但也有那么一种声音，在狂轰滥炸的冷嘲热讽之中，笑容可掬地拍着手说是梦想和努力的累积带来了成功。

因为梦想中带着认真，所以当初不被投资商看好的吴京咬着牙抵押了房产，带着对老婆谢楠的愧疚和压力，卖着命，拍着片。

孑然一身的路上，有太多的人说吴京不可以。后来，他将无数的质疑声幻化成了口碑与票房的双重动力，《战狼2》上映首日，就收回了成本，上映6天，累计票房已超13亿。

总有一天，全世界的人都会为你的梦想和努力买单，但前提是要学会变成更好的自己。

02

这个世界有太多的意外存在，有时候按照常理看似一辈子不可能发生的事情，会在无数努力和契机的碰撞下，发生一种超乎常理的化学反应，从而或多或少地改变自己人生的轨迹。

岳云鹏是我喜欢的相声演员之一。他常以嘻嘻哈哈的形态出现在舞台上，一副憨态可掬的笑容加上卖萌耍贱的表演形式，一度吸粉无数。

可是没有人知道，在很多年以前，他还不是如此落落大方。

刚来北京的时候，岳云鹏14岁，他带着初中未毕业的学历做着不同种类的工作。身份卑微的他常因为工作的问题遭受很多不公平的待遇。

某次访谈节目中，岳云鹏曾哽咽着说，自己在15岁那年做了服务员，因为写错了菜单而被顾客骂了个狗血淋头。

一顿352元的饭，让他丢了工作，也不知不觉间改变了他的命。

之后，岳云鹏经朋友介绍拜郭德纲为师，开始了自己为期一辈子的相声之路。

那些年，对于相声他还是零基础，见人脸红，站在台上说不满5分钟对于岳云鹏而言是常态。

为了克服自己口齿的问题，岳云鹏常在早晨4点起床，边扫地边背着五花八门的菜谱。他说，他是真的很想把眼前的每一件事情都做好。

命运使然，因为有了前期的努力和积累，在某次德云社内部调整中，他竟被郭德纲推着向前，从当初默默无闻的服务员变成了吸金无数的德云一哥。

这是他的运气，但更多的是源于他长期不懈的死拼。

03

曾几何时，我们也曾幻想过为了某个事情死磕。我们想要紧握双手，身姿挺拔地站在终点站尽情地享受狂欢，却常常在途中走散。

我们迷途于朝九晚五的清闲，迷途于甜言蜜语的风花雪月，迷途于生活中长久的心安。

柴米油盐酱醋茶成了当下的诗与远方，满心澎湃的誓言也渐渐越来越远。

死磕成为了每个人内心深处缄口不提的秘密。活在当下，活在舒适区慢慢变成了王道。

在一个不进则退的社会里，死磕和努力是保持自我价值最有效的途径之一。

我们没有办法同拥有着无法超越的起跑线的人相比，却可以让更多的人认同自己。

这世界上没有什么东西能扛得住死磕，就像2017年8月突围的《战狼2》奇迹，总有一天，你会变成更强大的自己。

太听话的人生，真的会毁了你

> 凭什么，要听你的话？

01

认识浅薄的人，看到过的最高的天空莫过于头顶几尺的天花板。

深以为然。

前些日子，后台收到读者的留言，断断续续的字眼里都写满了对七大姑八大姨的不满意。

那位读者生活在南方的十八线小城镇，在大部分人没有接受过教育的情况下，嫁个有钱人成为了当地人认为的女性的唯一出路。

他们觉得，女人天生的任务就是结婚生子，什么女人能顶半边天都是鬼扯。

不幸的是，在这种思想的引导下，刚刚毕业回到老家的她，因为年龄的问题而受到了七大姑八大姨倍加关心的“慰问”。

毫不夸张地说，这个二十岁左右的女孩竟然在回到家一个月之内相了十八次亲。

次次拒绝，次次被骂。

他们指责她的挑剔，鄙视她的自命清高。

女孩在文末的最后一句留言，就是：我那么努力，不过是不想像其他女孩一样围着灶台过一辈子，有错吗？

扎心。

在这个嫁人为王的年代，想要活成自己内心的模样，不仅需要足够坚持，更需要拼尽全力抵制住那些快要淹没到喉咙的流言蜚语。

那些流言蜚语的创造者，祖祖辈辈守着自己伸手就能触碰到的天花板，不想改进，还一味地想着拉你倒退。

凭什么？

02

之前看过一部票房与口碑俱佳的电影，叫作《摔跤吧！爸爸》。电影讲述的是在印度的某个小城镇中，某位知名摔跤手因为没有生出儿子，最后一心想要为国争光的他竟在短时间内将两个女儿培养成了当地有名的摔跤手。

剧中有一幕场景，至今都让我记忆犹新：

场景描述的是两个女孩为了逃避训练，参加了同学婚礼而被父亲当众掌掴的事情。

后来，她们与新娘子坐在一起，抽泣着看着自己和男孩子相同的短发，愤怒地指责着父亲的种种“劣迹”。

她们以为自己是世界上最不幸的人，直到新娘子的一句“我真羡慕你们，有这样一个好爸爸”而幡然醒悟。

原来，父亲想要给她们的从来都不是柴米油盐的生活。

感动。

无论何时，我们都不能否认，一个人目光的长度，决定了以后发展的宽度。

大多数人都走的路不一定是对的，另辟的新径也不一定藏有豺狼。

每段路都有每段路的精彩，每个人都有每个人的活法，倘若一味地只会附和，那要这样一堆复制粘贴的人生干什么？

03

我不知道有多少人的爱情最后败给了时间，也不知道有多少人的梦想死在了别人的七嘴八舌中。

但唯一可以肯定的是，你会在某个深夜，某个时刻，突然幻想过脑海中的生活，突然想起当年信誓旦旦举起右手，口口声声说只有一次的人生，要永远都按照自己的想法活。

亲爱的，永远别让你说过的话变成嘴角的那一抹无奈的笑。

别人的生活怎么过，你无法定夺。但紧握你自己生活的航向标的，是你自己的手。

未来怎么走，不要看他人，自己定夺！

最后，愿你活成自己渴望的模样，愿你有酒有故事，愿你既能朝九晚五，又能浪迹天涯。

走自己想走的路，过自己想过的日子，只有这样，才不算白活。

为什么许多穷人的孩子依然很穷？

> 穷人思维很可怕。

01

下班坐地铁，在拥挤的人群中传来一句铿锵有力的话："这年头，谁还没穷过？"

穷，是大部分人都经历过的生活阶段，但不幸的是，有的人会穷一阵子，而有的人则会穷一辈子。比这更加不幸的是，很多调查显示，许多穷人的孩子，很多年后依旧会过上和父辈相同的生活，延续上一代并不富裕的生活状态。而造成这种状况的原因，除了外界的影响，更多的则是穷人思维和富人思维之间的差异化。

曾听过一个冷笑话，说某位记者只身进藏，采访当地的一些孩子。一个身穿破旧棉衣，坐在草地上放羊的孩子说，自己最大的愿望就是放羊卖掉，然后拿卖羊的钱娶媳妇生孩子。当记者问他生孩子之后呢？他擦擦鼻子憨憨一笑，回了声："放羊。"

放羊——娶妻生子——孩子长大——放羊。大抵是因为没有见过外边的世界，才会对自己生活的模式如此认同。就像是蹲在井底的青蛙，以为自己眼睛能看到的地方就是整个世界，所以才会安于现状，甘之如饴地享受着多年如一日的生活。

俗话说：见识即眼界。只有见过了更高的山峰，看过了更广阔的汪洋大海，才不会眷恋眼前的山丘和河流。

你得相信，能够用英语出口成章的人在第一次见到小羊时，映入脑海的就是如何在短时间内让它达到利益最大化，而不是笨拙地天天祈祷着它快速长大。

02

前几天知乎上有一个高赞问题，讲的是一位女生在毕业时得到了两份月薪相同的工作，一份是在老家的小县城，一份是在压力与花销同高的一线城市大北京。在楼下一片选前者的劝告中，也有另外一种声音赞同的是北京。

他们说："你应该看到的是几年以后的月薪以及那时候自己的优秀。"

深以为然。

贫穷，会阻碍一个人眼光的长远发展。

咪蒙曾说："当我们没有钱的时候，所做的一切都是为了赚钱；当我们有了钱，才会开始考虑自己的发展。"

缺钱时要做的第一件事情就是把饭吃饱，把衣穿暖，其次才能谈自己的喜好和以后。

所以围绕在穷人孩子周围的永远都是如何节俭节俭再节俭。在这种情况下，投资自己则会被大人斥为不懂事。

同样年纪的孩子，一边见证过东京的漂亮、遨游过巴黎的浪漫，一边从小到大永远围绕的都是自己的一亩三分地。

敢问，谁才会更快地将金钱收入囊中？

岁月变迁的日子里，孩子都在潜移默化地受着父母思维方式的熏陶。许多并不富裕的父母注入孩子思想的，是缺乏多元化的思维方式和格局。因为长期单一化的生活，并没有让他们习得创新和借势的方式。

一句话，穷人孩子之所以会轮回父母的宿命，只是因为思维方式太过老套和陈旧。

最后，愿你能够跳出怪圈，活成自己渴望的模样。

20～26岁的年纪，你是什么状态？

“——快30了，你是否还感觉一无所有？——”

01

近日，微博上有一条问答，叫作：“20～26岁的年纪，你是什么状态？”其中，有一条回答戳中了无数社会人的心脏，她说：“走进社会以后，才发现自己仅仅是活着，而不是生活。”

扎心。

那些年被父母供养的日子里，我们从来不知道什么东西叫作穷。

在打个电话张张嘴就能拿到生活费的年纪，养成了花钱无节制的习惯。但这一切，都在踏入社会的那一刻起，就变成了回忆——因为你实在不好意思在砸钱上完大学之后，还觍着脸伸手要钱。

所以，毕业前几年，无论是经济上还是心理上，都是人生中比较尴尬的时期。

20～26岁的年纪，身旁有的朋友结了婚，有的选择继续深造，有的已经靠自己的能力买了车，付了房子的首付，也有的人的朋友圈出现了新生孩儿。

每个人都看似很圆满，但每个人的生活中却或多或少都有缺憾。

那些为了结婚而结婚的小伙伴，在领证之后突然发现了真爱；那些继续深造的朋友，拿到毕业证后还是在某个城市默默无闻地工作；那些靠自己能力买了车房的人，身体竟过早地出现了衰退；那些生完孩子的朋友，也许偶尔还在发愁柴米油盐。

所以你看，没有谁的二十多岁近乎圆满，只不过令他们难受心酸的东西，你看不见而已。

02

前几天和老友聊天，他在视频那头一脸苦大仇深地说："二璐，为什么同样是二十多岁，别人有房有车，有家有业，而我却如此衰败？"

我笑笑，回他"看不开"。

老友是大学同学中比较果敢的一个，家在贵州的他在大学毕业后只身南下，在深圳住了两年的地下室后，终于从漏水发毛的房子搬进了装修尚可的小区。

刚搬完家的时候，押一付三的房租让他的银行卡几乎"清零"。那年深圳的夏天，他坐在大落地窗前，哭哭啼啼地说了无数遍"凭什么"。

他问凭什么自己这么努力，还没有普通人生活中嘻嘻哈哈的笑声多。

那段时间，他害怕每一次刷新朋友圈，害怕隔着屏幕被手机那头传递过来的幸福亮瞎眼。

我劝他，如果太累，就回去过另一种轻松安逸的生活。但每次，他都摇摇头说，很享受现在的状态。

二十多岁是人生的分岔口，每一个选择都会影响你之后的生活和状态。安逸和奔波本就是殊途，能闯出一番天地的人们，在二十多岁的年纪一定过得很辛苦。

有舍才有得，吃了多少苦，就会尝到多少甜。

03

二十多岁的日子，是大多数人最穷的时光。

步入社会的我们为了生计，开始学会公司——房间两点一线，工资交完房租所剩无几也不敢向父母说自己没钱。以往说买就买的东西，现在开始纠结好几遍，走半个多小时的路程，只是为了省下一块的地铁钱。

赚钱很难，所以你生了病还要坚持上班，因为你心疼请假要扣的那好几十块钱。

十几岁的时候，你看不起父母省钱，后来，你竟也开始悄悄盘算自己今天多花了多少钱；十几岁的时候，你讨厌父母衣柜里几年都不添置的空荡，后来，你也开始觉得衣柜的衣服又没有坏，何必要添置新衣服呢？

二十多岁，你越来越现实，学会张口闭口地谈钱，谈机遇，谈发展。

偶尔，你看着镜子中老了十岁的自己，突然觉得成熟的过程是那么不容易。

20～26岁的年纪，是一个人的快速发展期。因为只有在人生中的这个阶段，你才可能全力以赴地把学习的理论用于实践。

但同时这个年纪的日子，又苦得不成样子。因为想要往上爬的任何一个人，都得完成脱一层皮的蜕变。

成长很苦，但不要放弃，因为坚持走下去，任何事情都会如你所愿。

那些死在二十多岁的年轻人

> 趁着还没有真正入土为安，
> 不要再浪迹在市井之间了。

01

前段时间，朋友圈被“今年我18岁”的标题刷屏了。几乎同时，每个人都在朋友圈发出了自己18岁的照片，评论也是五彩缤纷。

有人说，没有想到眼前这个西装革履的男人也曾有过杀马特的造型；有人说，第一次觉得心中的女神原来普通似路人；也有人说，没有想过被城管追着跑的大妈竟是昔日的校花。

岁月是把刀，但却没有要所有人的命。

身边的朋友、往日的同学，有的在年华中活得熠熠生辉，而有的则成为了我们口中那些走下坡路的人。

而这其中的差距，往往就取决于一个人二十多岁的状态。

随着最后一批90后成年，不少人被贴上了不同的标签：比如佛系年轻人，比如掉发年轻人，再比如不婚族年轻人，等等。

众多新颖的词汇被创造出来，试图用来形容和描述某个人的生活状态。

其实，生活中还有一批人，就像是微信里的僵尸，QQ列表里头像万年灰的好友，通讯录中一辈子都不会有通话记录的“陌生人”——他们实实在在地活着，却又实实在在地死了。

如果足够细心，你就会发现，每个人的身边都会有那么一些，死在二十多岁的年轻人。

02

网上有一个段子，说：

二十多岁的年纪，结婚吧，太早；恋爱吧，太晚。花钱吧，没有；挣钱吧，太难。

简单的几句调侃，便把大多数人二十多岁的现状描绘得淋漓尽致。

二十多岁是一个很尴尬的年纪，这个年龄段的人们往往要经历从不谙世事到圆滑世故的转变。

蜕变是一件很难的事情，有的人难免会经受不住生活的磨砺，死在破茧成蝶的路上。

朋友老万就是其中一个。

作为北漂一族的他，来京五年，还在某个公司坐着专员的职位。作为二十五六岁的“少年”，这厮每天除了朝九晚五地上班，就是趴在不足十平方米的出租屋里打游戏。

这样混吃等死的日子，他一过就是五年。

五年的职场生涯，不仅他的职位和薪资没有任何的长进，反而还因为受到刚刚毕业热血沸腾的大学生的对比而险些丢了工作。

他向我吐槽说，为啥刚毕业的小毛孩就可以得到领导的赏识？为什么自己辛辛苦苦工作了五年还争不过来了一两年的新人？

我笑笑，没说话。

别人在通宵做PPT的时候，你在打游戏；别人的钱都花在了线上培训，而你却全部砸在了装备上；别人苦兮兮，你笑哈哈。

正值拼搏的年纪，活成八十多岁的样子，的确很舒服，但舒服舒服着，就“死”了。

03

二十多岁的死，是一种无可救药的死。

因为，相比于失去肉体而言，失去灵魂更可怕。

与众多在北上广深加班到深夜的青年不同的是，在众多三线的城市和农村，还有一批假装活着的青年。

他们往往在初中、高中就成了辍学青年，早早地在父母、七大姑八大姨的介绍下以迅雷不及掩耳之势结婚生子，然后用自己不到3000的月薪日复一日地养育着妻子、孩子以及没有任何保险的父母。

优哉游哉的生活，从小到大没有体味过任何的危机感。一天二十四小时中做得最多的事情，就是躺在床上晒太阳或者蹲在门口吃一块钱一串的麻辣烫。

他们对那些漂泊在远方的朋友不齿，认为只有自己这种吃饱混天黑的状态才是对生命的尊重。

他们不懂为何有人会加班到深夜，也不懂那些在清晨发布的朋友圈消息。

他们所有的交际，都围绕着谁家生了男孩或者女孩，哪家的姑娘又出嫁了。

从来不会考虑自己生存的意义和价值，反而只会悻悻地期盼着把时间过成秒针的人们遭遇什么不幸，然后故作深沉地跷着二郎腿说：“你看吧，早就告诉你像我一样。”

像你一样。

活成一具行尸走肉。

像你一样。

自己蜷缩在龟壳里，生个蛋，寄托自己所有的希望。

二十多岁的样貌，八十多岁的灵魂。

别骗自己了，你只是看起来活得很好而已。

04

小时候，老师曾问过我们每一个人的梦想。

每一个颜色不一的卡片，都代表了不同的人对于未来的希望。

蹲在门口吃麻辣烫的少年，也曾慷慨激昂地说过一定要当某个公司的CEO，躺在床上不停地刷剧的少女，也曾举着右手发誓说一定要混出个样子给别人瞧瞧。

只不过后来，那些一字一顿说的誓言，都被社会和现实打磨得一滴不剩，然后渐渐地飘散在市井之间。

北京有两千万人假装活着，

中国又有多少人在二十多岁就已经死了呢？

很多。

那些死在二十多岁的年轻人，为你陪葬的除了你的青春，还有日积月累衍生出的裹足不前。

所以，趁着还没有真正入土为安，不要再浪迹在市井之间了。

致啃老族：你才是那个拖社会后腿的落伍者

> 把啃老当成事业来发展，
> 才是一种气宇轩昂的不要脸。

01

前段时间，一则《你26岁了，不是6岁》的短视频瞬间刷爆网络。

视频中，一位四肢健全、劳动能力良好的男人躺在破旧的房间里，他穿着满是褶皱的衣服，操着一口浓重的家乡话，有气无力地和赶来的民警对骂。

将民警召唤过来的人是他的父亲，令这个蹒跚老人心急如焚、出此下策的原因，竟是躺在床上的儿子刚喝完一口百草枯。

而酿成这场悲剧的全部原因则是不久前，并不富裕的父亲拒绝了儿子伸手讨要5000元的举动。

这个26岁的失业青年，在三观不正的情况下，选择了自杀这种极端的办法，想要达到对父亲拒绝给钱的惩罚。

有人说，世界上最大的悲剧莫过于白发人送黑发人。而被囊中羞涩的父亲养育了26年的他，非但没有怀有一丝感恩之情，还在愿望落空后，用死亡相逼。

也许他服药时满脑子都是对蹒跚父亲报复的快感，他理所应当躺在床上的潜台词，不过是：“活该！谁叫你不给我钱。”

自私的人走不远，不懂感恩的人永远都贪婪。

他们总是把世界上每一个人对自己的付出和照顾当成应该，一味地只会站在自己的立场，吆五喝六，指桑骂槐。

在他们的眼睛里，你们养我是应该，帮我娶媳妇是应该，帮我买房子是应该，甚至帮我养孩子也是应该。

总而言之，你们既然没有经过我的允许就把我带到世界上受苦，那么，以后我所有的困难你们都得包办。

视频中，身为看客的民警，气愤不已地说：“你26岁了，不是6岁了！”

而今社会，连一个6岁的小孩子都知道在父母做好饭时说一声“谢谢你”，更何况是比他们多吃了二十多年米饭的你。

有网友笑称：这种将索取当成习惯的人，确实是活着浪费空气，死了浪费土地。

02

《增广贤文》中有一句：羊有跪乳之恩，鸦有反哺之义。

意思是羊羔有跪下接受母乳的感恩举动，小乌鸦有衔食喂母鸦的情义。

所以如果你连父母都抛掷开来，任性地将父母当成迈向金钱的铺路石，便白白委屈了人类千百年来费尽心力的进化。

一次喝酒时，听说了这样一个故事：

故事的主人公是我的朋友，名叫馒头。出生在十八线城市的他却享受着超过同龄人很多的教育，从小到大，只要他开口，父母都会竭尽所能地满足。

皆是农民的他们更懂得什么叫作读书改变命运，于是后来，他们卖掉了家里唯一一头老牛和刚刚收割的粮食，不远万里地送他去外省读书。

到学校收拾行李时，父亲局促不安地站在一群西装革履人士的旁边，小心翼翼地看着别的孩子手中没有见过的新款玩具。

那天晚上，父亲在20元一宿的宾馆前，一根接一根地抽着烟。后来，馒头站在发黄的灯光下，听见父亲那句似有似无的“对不起”。

对不起，我没有能力给你更好的生活。

对不起，没有经过你的同意就把你带到了我的家庭。

可是，这世界上哪一个父母应该说对不起？

他们在你牙牙学语时就开始一丝不苟地照顾你，愿意为你与全世界为敌，哪怕你犯了天大的错误，他们还是会张开双手，满心欢喜地迎接你。

我相信中国绝大多数父母，都会倾尽所有地把自己的全部送给孩子。他们希望你过好，甚至比他们好千百倍。

《唐山大地震》中徐帆曾说：“这世界上哪个男人肯用命对你好？”

或许不是每个人都那么幸运，遇到那个愿意为自己送命的男人，但我们都会遇到用命待我们好的双亲。

03

《大树与孩子》讲述了这样一个故事：

很久很久以前，一棵高大挺拔的树遇到了一个常常陪它玩耍的男孩。

经过了短暂的欢乐时光以后，它为了满足孩子的愿望，相继付出了自己的树枝、树叶、树干和果实。

它伤痕累累地看着男孩知足快乐地扬长而去，欣喜无比。

后来，经历过大风大浪后，男孩回到了一无所有的大树身旁，仅剩下树根的它，依然庆幸自己还剩下一个树根能让男孩栖息。

中国的每一位父母都是故事中的大树，我们却不是故事中的男孩。

与他最后能知恩图报相比，太多的人只知道索取。

他们乐此不疲地享受着父母为自己搭建的一片天空，一边羡慕着别人越过越好的生活，一边无所事事地继续作死。

只有不作死，才不会死。

那些只知道衣来伸手、饭来张口的人们，都有一个叫作啃老族的名字。

有人曾说，前半生靠父母，后半生靠自己。

深以为然。

没有谁是谁一辈子的负担，总有一天，我们都要学会独立面对世间的风雨。

习惯啃老的人们，最后吞噬的，除了父母，还有他们自己。

这真的是一个看脸的世界吗？

好的形象气质，
是通向成功的砝码。

01

近日，有读者在后台留言，百余字的描述中展现出了她对这个看脸世界的不满。

读者是应届毕业生，长相平平、学历一般的她在大学毕业后，就听从父母的安排，回到县城老家，并且如愿以偿地进入了当地的一家私企。与她同一天入职的，还有一位身材高挑、五官精致的肤白美女。

或许是没有对比就没有伤害，作为同一天入职的新员工，她与美女的待遇出现了天壤之别。

首先是工位的安排，在只剩两个工位的时候，人事不由分说地将靠窗的工位分给了美女，将另外一个窄小的工位分给了她。

再后来，无论是公司的应酬还是出彩的项目，通通都会有美女的身影，而她却只能独自埋着头傻干，得不到任何的赏识和提升。

长相的平凡加之做事情不会积极主动，使得她在公司的境遇越来越难，甚至有的时候，同样一件事情，美女同事用一两分钟就能搞定，她却需要用三四个小时。

效率低下的办事状态，蹩脚的人际关系，让她在美女同事的衬托下显得越来越微不足道。

絮絮叨叨了一堆以后，读者问我：“这真的是一个看脸的世界吗？”

我想了想，回了个：“是的。”

曾经是有理走遍天下，现在是有颜就吃穿不怕。从某种意义上而言，高颜值更像是通往一帆风顺的砝码。又或者说，谁会对美好的事物置之不理？

有时候，我们不得不承认，长得好看就是比普普通通更胜一筹。

02

之前网络上有一句流传颇广的话：“始于颜值，陷于才华，终于人品。”

由此可见，先有颜值，才会有之后的陷于才华和忠于人品，不论任何时代、任何年龄段，皆是如此。

小时候我们羡慕那些穿着公主裙的女生，因为她们可以被大人夸漂亮；上学后我们羡慕那些梳着马尾的女孩，因为她们可以经常收到巧克力；后来，我们开始羡慕那些气质超群的女人，因为她们可以浑身都散发着魅力。

你骗自己说，再努力一点这些你也都可以得到。

可是后来无论你多么拼尽全力，依旧抵不过貌美女神的一个微笑，可是后来你拼死拼活地干了一辈子，还不如漂亮女主播一个月的工资。

你说这不公平，其实世界上哪里有什么公平可言，条条大路都能通罗马，但是有的人生下来就住在罗马。

你努力的意义，无非是让自己可以离想要到达的地方，更近一点而已。

03

我面试的时候，发现了一个怪象——大多数能够做到leader（领导）的人，都具备超乎常人的气质，哪怕五官第一眼看上去没有那么惊艳，他人的眼球也会被他们的穿衣打扮所震撼。

一个人的脸和气质，真的能够影响他走多远。你得相信，第一眼看上去就能让你心情愉悦的人，没有几个人能够远离。

美好的气质与生活工作中的顺利常常相伴相生，无论你怎么抱怨都无济于事，因为这是不争的事实。而我们唯一可以做的，就是尽量让自己的形象气质不断地提升。

之前微信群发起过一个话题，大部分男生表示自己第一眼一定会被打扮得体的女生所吸引。

事实。

快节奏的社会里，没有那么多人愿意浪费太多的时间先了解你的本质。我们都是视觉动物，外貌形象会形成先入为主的刻板效应，所以，维护好形象，很有必要。

这是一个看脸的社会，你我都别输了。

当我们成熟了，也就不爱笑了

愿你能够成熟有度，
愿你能够半生归来，仍是少年。

01

今天，我想谈谈朱梓骁。

这个曾经被造星工厂——湖南卫视力捧的男人，在事业当红期却突然注销了所有的社交账号，以自己的方式消失在了我们的视野中。

有人将他的消失归结为被封杀，有人猜他的离开是因为与娱乐圈的某位大佬分手。面对无数个猜测，朱梓骁工作室只是简单地回应了三个字："没事儿。"

那些年，关于发生的事情，朱梓骁没有在公开场合抱怨过一句话。

最近一次见到他，是在《快乐大本营》上，他穿着白色西装，深情款款地同张翰唱着陈小春的那首《独家记忆》。

好久不见，台下观众在他转身的那一瞬间就已经眼中含泪。他们说："过了这么多年，慕容云海回来了，上官瑞谦却不在了。"

大本营的整期节目中，人们发现朱梓骁已从一个嘻嘻哈哈的阳光少年变成了一个沉默寡言的成熟大叔。

他的举手投足间，透着些许的紧张，又渗出一些沧桑。

与之前相比，他变得成熟了，却不爱笑了。

没有人知道这些年他经历过什么，走过了哪些不为人知的路，但唯一可以肯定的是，那些从指间溜过的时间里，藏着他日渐消失的笑容。

02

你有多久没有发自肺腑地哈哈大笑过了？

有人说是一天，有人说是一个星期，有人说是一年。

不知为何，我们越长大，越成熟，好像越来越不知道笑容二字到底为何物。

前几天和某个许久不见的朋友聊天，她坐在星巴克的落地窗前，看着楼下在喷泉中放肆大笑的身影，一动不动。

几分钟后，她才回过头对我说："你知道吗？我已经好久都没有真心地笑过了。"

我看到她抿着嘴，冷静睿智的样子，特别想哭。

我这位朋友，大学时期人送外号：哈哈。外号的由来是她笑点低，无论遇到什么事情，都是一副傻傻的样子，和谁对话都是眼睛弯弯的，好像全世界没有什么事情可以挡住她的嘴角上扬。

可就是这样一个爱笑的女孩，几年后再见时，却戴上了高冷和孤独的面纱。

她经历了社会的洗礼，从一个职场小白变成了拿捏有度、分寸感十足的职场精英。她越来越八面玲珑，越来越会察言观色，越来越成熟睿智，也越来越不爱笑。

朋友说，以前对她而言钱是奢侈品，现在对她而言笑才是稀缺品。

确实。

我们每个人都像是行驶在大海中的一只小船，离岸越遥远，经历的风雨越大，船需要修补的地方也就越多。但海中间没有停泊之处，没有靠岸的港湾，我们只能划着自己千疮百孔的内心，慢慢驶向远方，别无选择。

03

我们不得不承认，成熟是笑容的克星。

在房贷、车贷等等的压力下，我们皱着的眉头放不平；在职场繁杂的人际关系中，我们小心翼翼的眼神没有笑意；在方案被打压、工作不被认可的情况下，我们的嘴角始终都是向下的。

当我们跨越了重重的艰难险阻，徒步走过了N条荆棘路，当初稚嫩的心早已千疮百孔，百毒不侵。

生了茧的心就像是一块石头，无人能入侵，但也不易被感动。所以后来，当年那些将我们逗笑的笑话，那些让我们哈哈大笑的行为，早已成为了幼稚的代价。

小时候过生日，总是许各种五花八门的愿望，后来，所有渴望和羡慕的对象都变成了路途中所见的那一张张由内而发的笑脸。

当我们懂得生活的艰苦，当我们懂得柴米油盐酱醋茶的昂贵，当我们懂得且行且珍惜，当我们成熟了，也就不爱笑了。

别怕，总会有解决的办法。不如下一次，我们悄悄唤醒藏在内心深处的那个自己，腾出时间来深情抚摸它。

最后，愿你能够成熟有度，愿你能够半生归来，仍是少年。

那些让你痛哭流涕的人和事现在都怎么样了？

时间，是最好的疗伤药。

01

你还记得三年前最伤心的事情是什么吗？

不记得了。

很多时候，那些我们以为过不去的坎儿，都会在时光的洪流中慢慢消失不见。那些针扎似的难受，那些坐在马路上的号啕大哭，那些在KTV唱到撕心裂肺的歌曲，多年后都会成为茶余饭后的谈资。

今天再大的事情，过了明天就是小事。无论经历过多么难熬的日子，也终有一天会迎来属于自己的阳光。

下午和娄同学聊天，他在电话那头骂骂咧咧地说，没想到这么“狗血”的事情竟会发生在自己身上。

娄同学说的“狗血”事件，是悔婚。

在经历了和异地男友四年的恋爱之后，本以为能够迎来两个人零距离的美好生活。谁承想，在见过了彼此父母，谈婚论嫁之际，男友竟莫名其妙地提出了分手，理由是：“不想再继续耽误你。”

从大一到大四，从青涩到成熟，一起看过成都的海螺沟，一起爬到过青城山的山顶，临了，水到渠成的时候，却拽起了耽误。

娄同学在三线的城市，顶着被悔婚的帽子，常常在床上睁着眼睛躺到凌晨。七大姑八大姨的流言蜚语一度让她想要去死。

没人知道，那个时候，她觉得最后为自己掀开盖头的不是他，是谁都无所谓了。

失恋的季节，七月的太阳都蒙上了灰尘，所有的歌曲都是哀伤，做什么都提不起兴趣。

娄同学以为自己这辈子再也不会遇到爱情，直到在相亲的过程中，遇到了自己的命中注定，才再次回归成了活泼的自己。

几年后，她和先生生下一个可爱的宝宝，闲暇找她玩时，看着她越来越年轻的脸庞，开玩笑地问她：“还记不记得当年那个抛弃自己的负心郎？”

她笑笑，说：“感谢当年的他。”

若不是亲眼见到她，真的很难相信时间究竟会怎样改变一个人。它会在悄然间抚平你内心的伤疤，在岁月流逝之间，让你再次相信世界的美好。

02

一次聊天时，同事大黄说，她曾在四年前得过一场抑郁症，重度。

她说，那段时间自己就像是被丢进了一个巨大的深渊，无人能救，无人能帮。

乌漆墨黑的周围以及与他人之间叫天天不应的距离，让她饱尝孤军奋战的滋味。

因为害怕，她的钱包和房间里贴满了家人的照片，她说，至少在想死的时候还能看到最后一眼。

可是后来当某天回老家，看到父母头上忽然白了一半的头发，她就觉得自己特别王八蛋。

面朝黄土背朝天的父母，从牙牙学语时便把一切最好的事物留给她，让她上最好的学校，为她买最好的衣服。

可如今，她却因为屁大点的小事，蜷缩在自己的角落里，活成了死亡的傀儡，着实太过丢人。

自己的病，父母知道。

偶尔发作的时候，父母都会坐在沙发上看着她一根接一根地抽烟。有那么几次，父亲声音哽咽地说："孩子，太难的话就别撑了。"

她抬起头看见父亲说这句话时欲哭无泪的样子，摇摇头回道："其实我还好。"

那时候，她告诉自己撑一天就赚一天，后来，她就这么一天天地变成了现在的样子。

后来，我坐在她对面，听着她面无表情地讲出这些经历，情绪冷静得像是个陌生人。

她说，时间真的是最好的疗伤药，它会让所有你觉得特别重要的东西，都不再重要。

小的东西会长大，长大的东西会变老，这个世界上唯一不变的事情就是都在变。

03

我听到过很多话语，大多数人在遇到困难的时候，都喜欢哭哭啼啼地说“过不去了”。

后来，那些撕心裂肺、号啕大哭的人还是会哈哈大笑，变成和之前相同的样子。

世界上没有什么过不去的东西，现在你觉得重要到爆炸的东西，都会随着时间慢慢淡忘，慢慢变成活在脑海中的记忆。

走的路多了，才会发现摔那么几次跤，才刚刚好。

所以，在满嘴啃泥的时候，与其坐在原地哭泣，不如站起来往前走走试试看。

说不定，前方又一村的黎明，是你之前没有见到过的风景。

摔跤，是对生命的华丽洗礼，爬起来之后，或许会发现，你变成了和想象中一样强大的人。

越优秀的人，越孤独

越优秀的人越孤独，越优秀的人越单身，
越坚强的人越会受到很多挫折。

01

白小白是北京CBD（中央商务区）的一位高级白领，和很多CBD白领一样，她外表穿得光鲜亮丽，却挣着少得可怜的工资，买着廉价的衣服。

白小白在同事之中显得异常不合群，因为她犯了大多数中国人都有的通病：贫穷。

有句话说：钱不是万能的，但没有钱是万万不能的。白小白对这句话深信不疑，她认为钱可以买到一切，包括她的自尊。

于是在大多数小女生享乐的时候，她却在吭哧吭哧地加班；在人家看电影的时候，她在满头大汗地写文案；在人家相亲的时候，她在绞尽脑汁地想文案。

北京这座城市，与其他城市不同，它承认每个人的努力。咪蒙曾说过：“我喜欢这个功利的世界。”

与咪蒙相比，可能白小白更加要喜欢这个世界的功利，所以，她拼了命地努力。一不小心，就过了而立之年——她就这样晃晃荡荡地走过了三十个孤独的春秋。

偶尔，白小白也会望着地铁里用臂膀挽着自己的女朋友的男人，眼睛里透出羡慕的目光。因为她是一个人，所以没有人可以替她挡地铁里摇晃的风。

02

一天，白小白收到发小梦梦的婚礼邀请。正在白小白犹豫不决的时候，梦梦的电话就打过来了："白小白，我们可是一起长大的，你现在在北京混好了，我的婚礼不来就是不给我面子。"

被梦梦这么一说，白小白只能硬着头皮去了。到家以后，梦梦给她安排了一个重要的位置：伴娘。

换好衣服以后，白小白望着梦梦穿着白色婚纱，梳着韩式发型，手里拿着漂亮的捧花，突然心里翻过一丝苦涩。

白小白想起当年自己样样比梦梦好：她比梦梦上进，比梦梦会说话，比梦梦学习成绩好。

但是后来，两人选择了两条完全不同的路，梦梦更偏向于婚姻，而她更偏向于事业。

在婚礼之前，她曾一度瞧不起这样的女人，作为新时代的女性，她觉得最好的爱情应该是完全对等的，太过于依赖任何一方，爱情都会产生危机，走不长远。但今天，她突然觉得，自己好像错了。

第一次，她想哭。

03

新娘上轿车的时候，新郎用了二十几辆宾利来迎接，虽然是租的，但白小白掰着手指算了算，觉得那也是一笔不小的财富。

整整一天，新娘收到了将近20万的礼金，20万！白小白两年的工资耶！她的失落感突然加深了。

回头望望，自己三十岁了，除了一个主管的位置，一无所有。一个人孤独地走在世界上，一个人孤独地北漂着，一个人努力地优秀着。

作为受过高等教育的女人，她向往独立自主的人生，她坚信越努力的人越幸运，她相信总会有一个人在前面等着自己。

于是，白小白就这样一直等到了现在，等到了自己花样年华的逝去，等到了自己的而立之年。

婚礼上，白小白目光空洞，不断地问自己，是不是错了？是不是一开始就应该嫁人生子？是不是太过要强的女人注定不会幸福？

如果自己错了，那么一路上重点，一路拔尖，一路努力，到头来就是为了嫁给一个有钱的男人，甚至一个有钱的老头么？

04

白小白看着婚礼上笑容灿烂的新郎新娘，看着他们宣誓，看着他们恩恩爱爱地交换戒指，突然一曲《终于等到你》引爆了她的泪腺，眼泪扑簌簌地一直往下流。

她不知道自己为什么哭。为新娘的爱情？为婚礼上的感动？或者为这么多年孤独的自己？

白小白不知道，她就那么一直哭，哭得妆都花了。但即使眼圈被眼线整个晕染成黑色，还是没有人发现她的变化，哪怕一个人都没有。

因为人们的关注点全部都在新娘身上，人们会关心她吃没吃饭，衣服穿没穿好，等等等等。

而白小白自始至终都像是下午菜市场即将关门时的菜：无人问津。她过得好，过得不好，都是一个人的喜怒哀乐，与任何人无关，也丝毫不会影响世界上第二人的情绪变化。

白小白觉得，这样活着是不是有点悲哀？

05

纵观当今社会，不难发现一个现象，那就是越优秀的人越孤独，越优秀的人越单身，越坚强的人越会受到很多挫折。反之，一些长相丑陋，做事矫情，情商智商双重缺失的女人往往会生活得很幸福。

生活有时候真的很搞笑，仿佛它更喜欢把幸运的事情交给不懂得努力的人去做，这道理就好比会哭的孩子有奶吃。

北上广深一线城市的人单身率比农村高了不知道多少倍，也许有人会说：为什么越努力越单身？我优秀就活该单身么？我不想凑合一生，就活该孤独行走么？

姑娘，上帝一定是公平的，每个人都有着自己的苦衷，就像是你永远都看不到宝马车里女孩的哭泣，千万别墅里女人的孤独。你要相信，努力与幸福一定是挂钩的，不信你回头看，你一定是比以前幸福了很多，对么？

你好，未来的自己

“致未来的你。”

01

六年后，你的生活过成了一地的鸡毛蒜皮。

你在北上广深一线城市里，挤着摇摇晃晃的地铁。纷繁杂乱的思维里，你想起自己挺着胸脯挑着眉毛说过自己真的有洁癖。

晚上回到家，深夜的小区黑暗散落一地，家门口没有灯光。你站在楼下，掐灭手中的烟，想起多年前自己对吸烟者的鄙夷。

为了省钱，你搬了几次家，你看着通勤时间从半个小时变成一个小时，在每天的早晨打着哈欠盘算着距离下一个睡到自然醒还有多少日子。

衣柜里的衣服从薄变厚，从厚变薄。你坐在掉了漆的凳子上，机械地清理着购物车里失效的物品时，突然嘴角上扬，安慰自己说，没关系，就算穿上它们，也不会有想象中的好看。

很多人都说，北漂的人都很有钱。你看着银行卡里为数不多的余额，想着七大姑八大姨的借款，闭上眼睛想起那些年说过自己要独当一面。

有时候，你看着朋友圈其他人秀恩爱和晒娃的照片，也会莫名质疑自己白活了好多年。

02

没有人知道，靠墙的桌兜里躺着十几套几年前做的职业规划方案。现在的你开始体会到老师站在讲台上的那句："计划永远赶不上变化。"

偶尔，你在北京凌晨的深夜埋头赶策划时，看到电脑屏幕上那条可爱的泰迪，想起几年前，你站在主席台上拿着话筒说毕业后要养条狗。后来，你发现奔波几年，唯一可以勉强养活的人只有自己。

六年前，24小时的硬座留着你对未来的幻想，学校宿舍的床板上，歪歪扭扭的字体还刻着你的梦想。

你说，一定要做自己喜欢的事情，说自己想说的话，活成自己喜欢的模样。

可是，后来，当你渐渐开始在职场上言不由衷，开始说谎话不眨眼睛，开始把一切奉承当成习惯。

你越来越八面玲珑，越来越走路带风，也离真实的自己越来越远。

03

毕业六年，你的朋友圈越来越缺少烟火气，点赞这种行为也成了讨好别人的途径。

后来，滴酒不沾的你站在应酬场上，涂着大红色的口红，笑靥如花地看着对面一直盯着你胸部看的男人，心里骂着街，嘴上说着“讨厌”。有时候，你不知道自己说的到底是讨厌他，还是讨厌现在表里不一的自己。

有那么几次，跟旧友聊天时，说起从前做的那些傻事，眼眶一热，突然想起自己也曾有血有肉地鲜活过。

也许永远不会有人知道，聚会时，有人说羡慕你一趟趟说走就走的旅行。你盯着空间里各个地方的旅行照片，苦笑着羡慕着别人出门前可以报备。

孤立无援的日子里，你不知道你在等谁，而谁又在等你。

多年前，你站在镜子前，曾穿着艳丽地说过：“你好，未来的自己。”

多年后，你站在镜子前，稍显落魄地回应：“怀念，过去的自己。”

我们都是怪胎，总喜欢把日子推着往前走，却又喜欢站在不远处向后看。

你一定要努力，因为这样，你才能对得起当年那个奋不顾身的自己。

那些父母眼中的英雄，在北上广深活得也卑微

父母说你是他们眼中的英雄，

但是，你在北上广深却活得卑微。

其实你不知道，哪怕你一无所有，

也还是父母眼中独一无二的英雄。

所以，像牛一样努力，像英雄一样抬头。

其实，我最想成为你

> 你拼了命地想要逃离的现在，
> 会在某种意义上成为多年后你拼了命想要回到的曾经。

01

刷朋友圈，看到一好友发布的感叹。

他说：“转眼就到了北京四年。”配图为一张灰色的高楼大厦，颇为伤感。

朋友是典型的工作狂，属于工作起来不要命的那种。

初来北京那年，由于学历不高，再加上缺乏人脉和资金，一心想要创业的他为了节省资金租住在城中村的地下室中。除了要忍受潮湿的空气外，还要每天和一群抱成一团的农民工在早晨抢厕所、抢水龙头。

因为居住环境恶劣，再加上初入职场的各种不适，他很期盼可以早早地把这段时间熬过去。

他说，那段时间，舒舒服服地拉个屎对他而言都是一种奢侈。

在大杂院租住的时间里，朋友每一分每一秒都在祈祷能够快点搬离这里。杂乱的通道，贫民窟似的生活环境，时时刻刻提醒着他这是生存，而不是生活。

为了脱离连空气都透露着乌烟瘴气的地方，朋友恨不得把每天的24个小时当成48个小时来用。

节假日出行时，永远都看不到他的背影，公司多次的团建也很少能见他喝得酩酊大醉。

那些为了能有一个自己的厕所而奋斗的日子里，平均每天只睡3个小时的他咬着牙拼命地坚持。

他说，两年以后要变成不一样的自己。

后来，两年以后，他如愿以偿地搬进了带有独立卫生间的卧室，昔日光滑的脸上却增添了一丝皱纹，甚至一头黑发上也有了一丝白。

他说，以前总想着时间能快一点，以为这样就能离自己想要的生活近一点。可是真正到了期盼已久的年龄，却发现有些事情，已经回不去了。

确实。

他把两年的时间都放到了路上，却忘了抬起头欣赏一下路边的风景。

有时候，我们一味地追求所谓的成功，却忘记了在执意前进时，自己错过的那些事情。

02

贾玲也是如此。

年轻时，她不顾家人朋友反对，执意报考了相声专业，并在毕业后一头扎进了相声行业，成为了一群绿叶里面奇葩的红花。

那些年，由于没有什么名气，连吃饭都成问题的她经常受到家人的质疑。甚至有一次，在她向家里要了一次钱后被姐姐指责："你上学到底有什么用？"

全家人都对沉沦在低谷的她不看好，唯独她的妈妈，从来都只是说加油打气的话。

因为感动，所以更不想让他们失望。

也因为赌气，所以更想成功让他们看看。

不是为了比谁强，而是为了证明她可以。

就这样，咬着牙，赌着一口气的贾玲在北京一漂就是二十几年。

为了成名，没有车的她常常提早很长时间出门，在大大小小的表演馆穿梭；为了成名，没有人脉的她不得不面对台下的质疑，故做淡定地在台上继续嘻嘻哈哈。

那个时候，她是真的想要回家抱抱妈妈。

那个时候，她最大的愿望就是可以把这几年早点过去。

转眼几年间，吃过很多苦的她，开始尝到了很多甜，开始收到了很多的机会和邀约。

她越来越有钱，可是她最愿意分享这些成果的人却不在了。

就在她低头努力，一心想要往前走的那些时间里，妈妈却在不经意间撒手人寰。而她，加起来陪伴妈妈的时间，不超过一年。

后来，她可以轻轻松松地买到很多东西，却买不到时间，买不到过去。

我们总是想着往前走，想着前面有更好的风景，有自己想要的人生，却忽略了当下的唯一性和稀缺性。

再想要回头时，才发现已经不可能。

03

某个门户网站曾经做过一项调查，结果很有意思：

20岁的人最向往25岁的人生；25岁的人最想过30岁的生活；30岁的人最想看看40岁的风景；而40岁的人最想回到的却是20岁。

搞笑的是，你拼了命地想要逃离的现在，会在某种意义上成为多年后你拼了命想要回到的曾经。

这道理就像是——

高中时，你最大的愿望是享受大学无拘无束的时光。

好不容易到了大学时期，却很羡慕那些毕业之后能够自己挣钱的人。

初入职场后，很想把打怪升级的时间缩短，分分钟变成职场达人。

可是，真的到了管理层，又忽然在某天很想念当年那个在高考时一心一意，在大学时自由自在的自己。

这个时候，你才会发现，或许拼了命赶路的自己，忘记了欣赏每个时间段的生活。

其实啊，人生漫长，每个时间都有它不同的美景，比如儿童时期的无拘无束，比如二十多岁的奋力拼搏，比如沉溺在柴米油盐中的平静忙碌。

每个阶段都有不同的快乐。

在赶路的同时，要学会欣赏路上的风景，倾听路上的故事，这样回忆起来才不会觉得失落。

世界上从来都不缺少美景，而是缺少发现美的眼睛。

我们要学会，用心生活。

后来的我们，都活成了与想象中截然不同的人

有时候，我们喜欢岁月静好，可现实却是大江奔腾。

01

一个周末，和朋友去看刷屏已久的电影《后来的我们》。

结束时，朋友看着荧幕上大声唱着《后来》的人们，眼神略带失落地说：“你信不信，最后我们都会活成与想象中截然不同的人。”

我看着她短短几年的变化，忍不住从心底里替她感到惋惜。

几年前，刚刚拖着行李箱来到北京的朋友，在北京西站暗暗地发誓，一定要靠自己的力量在这里打拼出一片属于自己的天地。

为了证明她可以，入职小公司的她见过凌晨四点的北京，坐过半夜十二点的地铁，在普天同庆的节假日赶过策划，在别人吃饭的时候做过报告。

那时候，她总是说，自己不是死了，就是在死的路上。

后来，她非但没有死，也没有伤，反而摇身一变成了某个大型公司的经理。

按照这个速度发展下去，朋友很快就能买车买房，实现财富的自由。可万万没想到的是，她竟然在拼尽全力冲刺的时刻，谈了一场安

逸到骨子里的恋爱。

让她一下子松懈下来的原因，不过是那个在北京有8套房的男人。

她说，跟他在一起，无论自己多么拼尽全力，挣再多的钱，在他眼里都是九牛一毛。而她心心念念想买的车和房，和他在一起的第一个月后便都拥有了。

久而久之，懒惰成性的她便失去了奋斗的动力。

朋友说，她从来没想过自己会成为一只被圈养起来的金丝鸟。

她很幸福，只是幸福得有些伤感。

确实。

后来，当我们可选择的路径越来越多时，或许我们就会离预设的轨道越来越远。

02

其实，生活中除了一些主动的改变，还有一些改变是不得已而为之，是被动的。

发小卷毛就是如此。

前几日，卷毛来北京出差时约我吃饭。在餐厅等位时看见因为堵车姗姗来迟的她，差点惊掉了下巴。

短短几年的时间，昔日那个小土妞竟摇身一变成了一个从头到脚都透露着自信的精英。

饭间，我不解，问她为何变化如此之大。

她沉默了一会儿，抬起头微笑着说：“哪有什么缘由，不过都是被逼出来的罢了。”

原来，当年一心想过安稳日子的她，毕了业就嫁给了当地一个看起来还不错的男人。那时候，她在老家的十八线城市做行政，拿着一个月2000多的工资，还一度觉得美滋滋的。

若不是后来那个看起来还不错的男人突然出轨，在悄悄卷走了所有的财产后，头也不回地选择离婚。她到死都不会想到，自己会突然有一天成为某个上市公司的总监。

她说，当年从家里搬出来的时候，她浑身上下加起来超不过2000元。刚刚打算回娘家的时候，却受到了父母怒斥般的责骂。

就这样，拿着离婚证在街头流浪了5个多小时后，她便突发奇想地买了张去往上海的车票，开启了自己一路狂奔的下半生。

有时候，我们喜欢岁月静好，可现实却是大江奔腾。

也许后来，那个许你一世安逸的男人却给了你生活中最大的暴风雨，逼着你成长，逼着你蜕变，逼着你成为和想象中截然不同的人。

这个过程，你会撕裂，会难受，会痛不欲生，但是你不得不挺起腰杆向前走。

最后，浴火重生。

03

电影《七月与安生》曾描述过这样一个故事：

七月和安生作为朋友，她们从开始的形影不离，到后来的相爱相杀，最终走到了分别。跨过中间的争执与吵闹，等到多年之后回头看，才倏然发现，一向喜欢漂泊的安生拥有了七月的影子，而从小乖巧到大的七月则喜欢上了流浪生活。最终，时间还是让她们把讨厌的对方的三观融进了自己的身体，再悄然不觉间让她们变成了另外一种样子。

生活其实也是如此。

小时候，我们的愿望是当科学家，当演员，当医生。可是后来，那时候戴着红领巾认真敬礼的少年变成了老师，变成了IT男，变成了售货员。

也许终究有一天，你会看到曾经娴静端庄的女同学站在狂风中风尘地吸着烟；也许终究有一天，你会看到曾经什么都不在乎的男同学点头哈腰地以某人马首是瞻；也许终究有一天，你会发现那个曾经发誓说这辈子再也不会结婚的男人满头大汗地换着尿布。

他们一如我们，脱离了想象中的预定轨道，然后慢慢地在成长过程中走远，活得越来越不是自己。

我无法评价这种变化到底是好是坏，但知道这就是所谓的成长。

在人生不可预知的过程中，难免会经历大大小小的事情。这些事情中，好的叫故事，坏的则被称之为事故。

而所有的故事和事故之间都是相互变通的。

所以，无论你遇到的是什么，都祝愿你能在世界的角落里，永远年轻，永远热泪盈眶。

那些父母眼中的英雄，在北上广深活得也卑微

> 最可悲的是，父母眼中的英雄，
> 却在北上广深活得卑微。

01

深夜，接到朋友的电话，电话那头的她哭哭啼啼地说再也坚持不下去了，明天退了房就要回老家。

这已经不是她第一次说这样的话。

三年前，朋友毕业后便从四线城市的老家独身一人来到了北京，发誓要干出属于自己的一番事业。

刚开始时，没有人脉、二本学历的她在面试过程中屡屡碰壁。那段时间，她最大的愿望就是找个工作，活下去。

功夫不负有心人，面试了将近一个月的时候，朋友终于入职了一家还不错的企业，月薪5000。

5000对于四线城市来说，算是中等偏上。

所以，在生活环境造就的思维方式影响下，刚刚毕业就能拿到5000的薪资在老家人眼中，是一件非常了不起的事情。

也许就是从那个时候开始，朋友就一下子成了父母以及亲朋好友

眼中的英雄。

后来，因为能力出众，朋友工作两年时就成了主管，三年就做到了经理，薪资也从5000涨到8000，又涨到15000。

15000对于农村人来说，简直就是天文数字。在他们眼里，能拥有一份如此高收入的工作，从某种意义上而言，就算是出人头地。

所以，每年春节回家，朋友都能听到父母和七大姑八大姨对自己的称赞——

他们眼睛冒着金花说她真的很了不起。

每次听到这样的称赞，朋友都会无奈地笑笑。她说，他们从来不知道，15000在北上广深这种一线城市意味着，只是刚刚能解决温饱问题而已。

确实。

15000减去房租、饭费和必需的交通费，有时候连好好地活着都有些困难，更别说要风光无限地生活了。

那些父母以为的很了不起，其实真的很平凡，很平庸。

02

老陈是我在工作的时候认识的。

因为心有不甘，他在三十多岁的时候选择了辞职，在上海开了一家梦寐以求的工作室。

这个决定对他而言很艰难，对父母而言却无比风光，因为按照世俗的评判标准，有一家属于自己的公司就算是成功了一半。

老陈每次开奔驰回家的时候，父母都会早早地在家门口的石凳上等待，然后装作不经意地告诉门口乘凉的人自己的儿子就要回来了，再顺便说上几句，他在外边做了什么事，见了什么传说中的人。

对于父母来说，老陈是他们的骄傲。

所以，哪怕他嘴里时常吐出一串他们听不懂的词汇，哪怕他经常在电话这头说着他们听不懂的英文，哪怕他们不知道他具体是做什么的。

在他们的心里，自己的儿子都是最牛的。

好几次，老陈听到父母和其他人夸赞自己时，内心都羞愧难当。

没有人知道在这里被捧为大爷的男人，下一秒就成了别人面前的孙子；也没有人知道他为了谈合作，谈融资，常常喝到胃出血，还得在难受不已的时候故作兴奋地举起一杯酒，哇哇大叫地喊着“喝喝喝”。

叫了那么多声“哥”，叫了那么多句“姐”，其实都是为了让自己看起来活得更像人一点。

03

曾经在知乎上看过一句话，瞬间戳中内心，它说：

那些父母眼中的英雄，到最后都活得很卑微。

深以为然。

我们因为这样或那样的原因，选择远离家乡，成为另外一个城市的漂泊者。

在这里，擅长报喜不报忧的我们，总是习惯性地给远在千里之外的父母制造一种假象，一种我们生活得很好的假象。

可实际上，往往是另外一番景象——

我们在被迫辞职，无处可去时，还在对父母说别担心，自己刚刚升职加薪；我们在上司同事对自己针锋相对时，还在对父母说没关系，老板和同事没我活不了；我们在银行卡仅剩三位数的余额时，吃着馒头和咸菜对父母说，自己刚刚参加完聚餐。

因为害怕他们担心，所以总是强忍着说自己过得很好，挣得很多，朋友很好。

可实际上自己没有存款、没有朋友，生活还一团糟。

千里的距离，隔断了我们真实的现状；生活的环境，受限了他们的思维方式。

他们总是说你就是他们眼中的英雄，你却总是觉得他们不知道你在北上广深活得卑微。

其实啊，是你不知道。

你不知道，哪怕你一无所有，也还是他们眼中独一无二的超级英雄。

所以，像一头牛一样努力，像英雄一样抬头。

在那些艰难无助的时刻，在觉得自己过不去的时候，一定要想想，这个世界上还有人把你当作自己的英雄。

加油，少年。

总有一天，你会从两个人的英雄变成一群人的偶像。

北上广深的女孩，找一个人陪伴吧

以前喜欢一个人，现在喜欢一个人。

01

我听过最大的谎言，就是眼前拂过的形形色色的女孩说的那句：“再也不相信爱情了。”

信息多元化时代，越来越强调女人的独立与自主，自媒体倡导“能拯救你的从来都不是婚姻”，主流媒体宣扬“女人最好的样子，就是人格独立”，就连前段时间热播剧《我的前半生》中，身为家庭主妇的罗子君也不免落得个丈夫婚内出轨、被迫重回职场的下场。

所以后来，无数个女强人像雨后春笋般涌现出来，身体力行地证明了什么叫作女人能顶半边天。

她们有着令人羡慕的身材，长着精致耐看的五官，坐在北上广深的某个高楼大厦里，拿着让人嫉妒的薪水。

她们向往诗与远方，鄙视为柴米油盐酱醋茶打转的生活；她们强调爱情和婚姻的对等，瞧不起为结婚而结婚行为；她们标榜自己思想与经济的双独立，蔑视那些以依靠男人为生的家庭妇女。

她们以为自己无坚不摧，以为自己身披铠甲，却忘了再强大的个体，也需要陪伴。

孤独是一味慢性毒药，它会在悄无声息中，让你活成一枚只知道工作和拼命的棋子。所以你才会，在夜深人静时莫名地啜泣。

02

网络上流传着一句扎心的话：“以前喜欢一个人，现在喜欢一个人。”

其实啊，无论是以前还是现在，你都想喜欢“一个人”。

你想要在工作中遇到难题时，靠着他的肩膀，用他刚刚脱下来的T恤擦鼻涕；你想要在搬家时，扇着扇子吃着冰棍，不厚道地看着他满头大汗的样子；你想要在地铁拥挤的人群中，有一个可以躲避的臂膀；你想要跟他逛街，带他去最想去的地方；你想要每天早晨睁开眼睛，就看见他与太阳。

要命的是，在脑海中走完了美好灿烂的一生以后，就再也难将就了。

你说，一定会有一个人出现，和你谈谈工作，聊聊理想和生活。

很可惜，你口中的人一直都没有来。

于是，你从二十岁等到了二十三岁，从二十三岁等到了二十五岁。

你不明白，为什么找个自己喜欢的人结婚就那么难，难到后来，你竟然开始想念一无所有时的那根冰棍和藏在桌兜里的糖。

显然，一束花就能让你怦然心动的爱情早已一去不复返。但不知为何，比起现在的吹毛求疵，你更喜欢当年的自己。

后来，你看着朋友圈、微信群里似曾相识的小孩，有那么一瞬间，突然很想找一个人嫁了。

这时候，你觉得相夫教子的生活其实也不错。

03

相了几回亲，见过了品类各异的男人，高的，矮的，胖的，瘦的，事业有成的，长相非凡的。

你坐在他们旁边，面带微笑地回答着自己的薪资、身高以及未来的打算。

你说，我们最后都会变成自己讨厌的人。

所以现在，你坐在了相亲现场，心静如水地听着对方自报家门。

偶尔，你也会敬佩那些为了结婚而结婚的女人，因为无论你如何努力，还是依然做不到。

面前五官各异的男人脸庞，总是勾不起内心关于爱情的幻想。

人来人往，你不知道自己在等谁，而谁又在等你。

兜兜转转，生日蛋糕的蜡烛从二十五根变成了二十八根。

同学聚会鲜少露面，七大姑八大姨的聚餐也很少出席。你活得越来越像你，越来越像你自己。

有时候，你躺在出租屋里，蜷起手指头数着自己死后有几天才会被人发现。数完以后，你笑了笑，莫名地觉得心酸。

一个人久了，连空气都是孤独的味道，藏了一肚子的话翻遍通讯录后还是沉在了心底，看了一则好笑的故事，却连转发都懒得动动手指。

十二件孤独的事件，你做了十三个，却还在朋友圈苦涩地自我显摆。

也许你不知道，走出来的生活别有一番洞天。

姑娘，你可以给自己一个机会，也可以找一个陪伴。

人生漫长，一个人走久了，会累，不如趁此机会找一个同路人，讲讲故事，说说明天。

你为什么总在人前幸福，人后孤独？

越长大，越不会说真话，
越喜欢营造一种假象给别人看。

01

有人曾说，凌晨以后的朋友圈，是展现一个人最真实状态的地方。

在那里，你会看到白天嘻嘻哈哈的张三的忧郁，会看到满不在乎的李四的压力，也会看到笑容满满的王五的伤心。

深夜的朋友圈是一面镜子，折射出我们生活最真实的一面。我们的狼狈、焦灼、对生活的迷茫都会伴随着夜深人静席卷而来，渗入内心的每一个细胞。

此时此刻，再强大的人都会在黑夜的笼罩下，脱下伪装的外衣，毫无遮掩地袒露自己的真诚，也才会变成与白天截然不同的人。

你、你以及你们都一样，总是擅长在人前幸福，人后孤独。

西瓜也是如此。

这个曾经发誓说要等待真爱的女人，如今竟然坐在了相亲市场，皮笑肉不笑地看着对面那个男人。

让她如此焦灼地想要脱离单身的原因，是几天前的一场噩梦。

北京凌晨的三点，从梦中惊醒的她蜷缩在被窝里，被吓得号啕大哭。失魂落魄的时候，她拿出手机，将通讯录从第一个人翻到了最后一个，依然不知道该给谁打，或者说不知道谁愿意在这个点听她说可有可无的梦。

以前喜欢一个人，现在习惯一个人，习惯了一个人孤零零地走在大街上，习惯了一个人吃饭、一个人睡觉。

周围人总说，会有个人在未来的不远处等你，但谎话说多了也很难成真。

于是，兜兜转转无数圈之后，西瓜越来越自欺欺人。披着伪装的外衣，言谈举止之间就差大声呼喊："你们看，我是真的很幸福啊。"

不好意思。

生活不是舞台剧，你也不是主角。没有那么多人关心你生活得好坏，也没有那么多人关心你的幸福是不是真的。

但我们擅长伪装，擅长撒谎，擅长固步自封地画地为牢。

02

年少的时候，遇到一点点问题就喜欢哭着向周围的朋友诉苦，常常在挨个打完电话后，心满意足地长吁一口气。

长大后，却喜欢把问题缩小化，总是不自觉地把所有的苦都自己吃，所有的泪都自己藏，在嘻哈过后，独自蜷缩在角落里舔着伤。

越长大，越不会说真话，越喜欢营造一种假象给别人看。

记得之前薛之谦录制某个真人秀时，将所有设想中的美好家园全部用沙子埋藏。这个曾经多次令人哈哈大笑，被封为微博段子手的薛之谦，竟对着镜子流下了泪。

他说，好想再吃一次奶奶做的饭。

后来，节目安排了场景，让他诉说对奶奶的思念。一束灯光打在暗红色的椅子上，他还未开口，就满是哀伤。

这个令无数人捧腹大笑的薛之谦，在面对自己真实内心的时候，变成了另外一个模样。

原来，人和人都一样，总是喜欢人前幸福，人后孤独。

前几日的问答中，有很多人留言了自己做过的最孤独的事情。其中有一条留言是："一个人去医院做骨髓穿刺。"

其实啊，并不是我们每个人的内心都强大到无可救药，只是在别人用力捏它的时候，故作坚强而已。

90后独生女，不敢做梦，不敢辞职，不敢死

越长大，牵挂越多，能依靠的却越少。

01

这世界上并不是每一个人都拥有做梦的权利，对于大多数被生活压榨的人来说，有梦想是一件奢侈且令人羞愧的事情。

这是90后北漂的一个朋友告诉我的。

朋友今年25岁，在一家上市公司做新媒体主管，每个月15号她的工资卡里都会雷打不动地收到15000的工资，刨去房租和吃饭、购物、人际交往，她每个月还能剩下8000。

8000对于一个刚刚毕业两年的小女孩来说不算少，但是不知为何比起其他人，她的生活总是过得捉襟见肘，言谈举止间也透出了对未来的迷茫和不安。

朋友说，一年前，她就想过辞职出来单干一个属于自己的工作室，但是那个时候她没有钱，又因为自己已出校门，不好意思向父母伸手，所以不得不咬着牙做着一份勉强能维持温饱的工作。

那时候，她不认命。

所以刚刚毕业的一年，无论是工作日，还是周六周日，她都没有

早于凌晨1点睡过觉。有时，为了完成一个策划，她会匆忙在3点多睡下，5点多醒来。

大概是梦想能给人体内注入鸡血。每次，不管她多么煎熬和难受，只要看到自己的策划得到肯定，她都会笑成一朵花。

朋友说，她的工作室要在她来到北京的第二年开张。

02

想法和现实果然相差甚远。

来北京的第二年，努力的朋友受到了上司的赏识，被提拔成了新媒体主管，而她的工资也随之水涨船高，居住的地方也从北京六环搬到了望京附近。

这一年，她剪了短发，谈了男朋友，也活得越来越干练。

她变成了同龄人羡慕的样子，可自己却拧巴得要命。一方面，她很想辞职自己创业，不顾一切地圆自己埋藏在心里的那个梦，一方面，她又犹犹豫豫着不敢向前。

后来，她活成了一个拧巴和纠结的人。

她说："提出离职后的第二天，我就被突如其来的生活压力压得喘不过气。房租、水电、买衣服、吃饭，这里面的任何一条我在创业的前期都保障不了。而作为家中的独生女，父母头上渐渐发白的头发以及每一份体检报告，都像在问我，如果失败以后，我到底该怎么活？如果父母躺在医院，急需拿钱，我到底该怎么办？"

过了一会儿，她默默地说了句：“原来，不管什么时候，我都输不起。”

心塞。

我听过很多人羡慕着独生子女可以获得父母全部的爱，却鲜少有人意识到他们身上必须要独自承担的责任。

作为独生子女，我们除了自己便无人可以依靠。

为了让自己赚钱的速度赶上父母老去的速度，为了把每一步都扎扎实实地走稳，所以，连辞职的勇气都没有。

因为你知道，自己已经过了伸手要钱的年纪。而这也就意味着你需要有危机意识，有赚钱的能力以及银行卡中的余额，以应对更多所谓埋藏在将来的意外。

越长大，牵挂越多，能依靠的却越少。

03

相比于00后，90后其实没有那么洒脱。而这其中的独生子、独生女尤其如此。

之前，网络上曾疯传过一张图片。

这张图片是第26届全国摄影艺术展览入选的作品，来自河北张审军的《独生子》。图片中一位独生子坐在两张床的中间，右手是爸，左手是妈。就是这张普通的照片，瞬间引爆了网络舆论，而照片中一家人在一起目光凝聚的样子，既无助又扎心。

一时间，就点燃了父母和独生子女埋藏在内心中的焦虑。

未来的路，说长也不长，说短也不短。在那些享受宠爱的背后，转眼间便到了挑起大梁的时刻。

也就在转眼间，就到了拿起砖头陪不了你们，陪了你们拿不起砖头的岁数。

也就是在那个时候，往昔不断说着“等我老了”的人们，就真的老了。

他们老得很悄无声息。

健壮的身体、乌黑的头发、如飞的健步都在不经意间变成了佝偻的背，变成了发白的头发，变成了慢吞吞的步伐。

他们的身体机制出现衰退的时候，你开始惶恐，因为你不知道到底哪一天，会因为没有钱而不得不让他们放弃住院、吃药。

所以，为了让他们可以过得更好，为了防止那些不知道躲藏在哪里的意外，我们不得不逼自己在短时间内变得强大。因为，只有成长为参天大树，才有能力为别人遮风挡雨，才不会在父母倒下的时刻双手抱头，手足无措。

就像是网络上曾流传过的那首诗：

你为什么要努力——

因为我的父母不在身边，

因为我还没给他们买大房子，

因为他们还没去过远方，

因为很贵的东西他们都说不喜欢，

因为他们只有我。

因为他们只有你，所以才要拼命地努力，不为别的，就为了多年后不会出现那个对自己无能愤怒的场景。

最后，愿你活得好，愿你把他们照顾得很好，愿你有自己的生活，带他们周游列国。

时间很短，记得爱在当下！

我很想跟你，一起走过那些不太舒服的时光

更多的时候，我们总在人前幸福，人后孤独。

01

三万二十八岁的时候，一个人在北京的地下室里吃着鸡爪。桌子上零零散散堆砌的啤酒瓶像极了她埋藏在心里缄口不提的秘密。

二十八岁之前，她从来都没有想过，自己会在长着绿毛的地下室，攥着拳头，咬着后槽牙，听着老陈那句突如其来的："我们分手吧。"

分手吧，是老陈给三万最后的交代。

乏善可陈的言辞中竟连一句抱歉都没讲，他就拎着行李箱渐渐远走，头也不回。

一秒钟的时间里，三万脸上故作笑容的嘴角边就流下了两行水，她口中的那句"好好好"也不知何时变成一句粗话。

这是三万从准新娘重回单身时在内心中撕心裂肺喊出的话。

她站在门口，看着曾经说要陪她吃一辈子鸡爪的男人，莫名地有些心酸。

老陈分手的原因她知道，无非是投资失败，需要从头再来之类的

云云。

三万不是一个拜金女，但她也是真的想要一个属于自己的家，一个可以任由自己装潢和布置的房子。

也正因如此，她才会一路漂泊地跟着他来到北京，心甘情愿地跟着他住了多年的地下室。

老陈很早以前就说过，他会娶她，会给她一个完美到极致的家。所以后来，二十四岁的三万就变成了二十八岁的三万。

四年的岁月中，她许下的每个生日愿望都惊人地雷同，她说，希望老陈可以早日娶她。

关于未来，她连家里每个角落需要摆放的东西都想了无数遍，却还是在临门一脚前败下阵来。

一千二百多个日子，最终还是抵不过老陈坐在床边吸着烟说的那句“分手”。

02

第一次遇见老陈的时候，是成都的初夏。

那年，三万被朋友生拉硬拽到酒吧中，在一堆白晃晃的人群中，只一眼，就看到了盯着她微笑的男人。

他穿着白T恤，坐在她对面，自我介绍说是某位朋友的旧识。

一顿饭下来，三万就知道了什么叫作一见钟情。

短短的几个小时，曾阅人无数的她竟对眼前这个干净得如同白杨树的男人，心动不已。

她喜欢他170的身高，喜欢他带着浓重乡音的声音，喜欢他哈哈大笑时的不羁放荡。

神奇。

从酒吧出来的那一刻，三万就成了老陈还冒着热气的女朋友。

那个曾经发誓说不找穷人的她，还是孜孜不倦地当着被老陈称赞到骨子里的未来媳妇。

三万说，千金难买她乐意。

03

恋爱谈到一年的时候，老陈想要来北京，他说要在未来的几年拼尽全力地给三万一个家。

就这样，三万连一个不字都没说，就卷着铺盖，屁颠屁颠地跟着老陈坐了二十多个小时的硬座，晃晃悠悠地来了北京。

北漂的生活比想象中的还要难，好在他们在车水马龙的忙碌中，还能在深夜或者凌晨紧紧拥抱彼此。

好多次，老陈都望着窗外一片黑漆漆，有气无力地问："三万，你后悔么？"

三万盖了盖被子，回："你在哪儿，我在哪儿。"

上天总是喜欢眷顾努力的人，老陈也位于其列。

经过几年的打拼，家底一穷二白的老陈渐渐有了一定的积蓄，有了可以承担得起首付的能力。

但老陈不甘心，他不甘心进步的速度这么慢，于是瞒着三万将所有的钱拿去投了资。

本来以为能够赚到爆的他因为不懂行情而赔了个精光。

他知道三万等不起了，也不想再让她继续等了，所以他坐在北京出租屋的床上，吸完整整一根烟后说了那句“分手”。

老陈说，他希望三万以后会更好，会越来越好，哪怕这种好与他再无关系。

说这话的时候，他一定猜不到，三万早就知道了投资失败的事情，所以他要走，她咬着后槽牙，没有留。

三万说，她并不是不爱，而是不敢爱。漫漫长路，她没有办法说服自己从零开始。

04

老陈走后的第十天，突然收到了三万的电话，问他在哪里。

两个小时后，三万便风风火火地出现在老陈的家门口。她拎着大包小包的行李，站在不远的地方，眼睛微润地说：“老陈，我想了想，还是决定跟你一起走过那些不太舒服的时光。”

老陈背过身擦了擦快要流下来的眼泪，盯着三万微笑地说：“傻子，那未来我们就一起吃馒头咸菜。”

速食时代，大多数的感情都变得越来越利己。再也没有人，愿意陪你喝遍世间的酒，听你讲完世间的不如意。更多的时候，我们总在人前幸福，人后孤独。

但你得相信，会有那么一个人，心甘情愿地陪你翻山越岭，陪你走过所有的艰难困苦，成为你的软肋和铠甲。

她会出现在你身边，面带微笑地说："别担心，那些不太舒服的时光，我来陪你一起走。"

我们约好了，谁都别输了

没有谁是谁的长期饭票，任何时候，
在遇到幸福之前，我们都必须先成为最好的自己。

01

时间能让人变得多“渣”，就能让人变得多傻。

不幸的是，欣仔归属于后者。

毕业两年的时光里，他依然是躺在北京地下室里的一枚穷人。

闲暇的日子，米饭听他说过最多的话语就是：“总有一天，我会拥有很多很多钱。”

这句话，从米饭跟他的第一天一直说到了现在。

刚开始时，米饭还会沾沾自喜地以为自己找到了一个懂得上进的五好青年。可日子一久，潮湿的地下室，放置一天就会发霉的馒头，还有时不时就会到处乱窜的老鼠，无一不提醒着米饭，什么叫作只说不做。

毕业之后的两年里，欣仔辞掉了五份工作，并且以梦想为由，活成了地下室一只庞大的寄生虫。

来北京时，他说她只负责貌美如花，来北京后，她却只负责赚钱养家。

米饭说，没关系，谁叫她爱他。

02

“没关系”三个字说了六百多个日夜的时候，欣仔提出了分手。

北京白雪皑皑的晚上，他拉着米饭的手，在空无一人的大街上，一前一后地走。

走过大概500米时，欣仔站在路灯下，回过头看着两行深浅不一的脚印，说他还有一个梦想，是去当空少。

米饭一愣，第一次咬着牙骂了他。

她说：“你知不知道什么叫恬不知耻。”

她说：“你知不知道什么叫小白脸。”

她说：“你知不知道什么叫不要脸。”

欣仔没说话，转过身背对着她。过了很久以后，米饭的耳朵旁幽幽地飘出了一句话：“既然你这么看不起我，为什么还要跟着我！”

米饭脸部抽搐了一下，咽下了一肚子喜欢，冷笑着说：“只是觉得你可怜而已。”

欣仔不再作声，只是默默地低着头用脚在地上来回蹭着雪。

这么多年，他一直以为她无可救药地爱他，所以他才会一而再、再而三地变成了与想象中截然不同的人。

此时米饭的那句话，才让他彻底明白，这世界上所谓的真爱都是扯淡。

03

从街道回到地下室的那天，欣仔就搬离了地下室，他带着为数不多的行李，跟米饭吃了最后一顿散伙饭。

油水不多的饭菜里，藏着欣仔的埋怨，也藏着米饭的眼泪。

短短两年，她竟然在二十多岁的年纪里体会到了什么叫恨铁不成钢。

她以为自己会陪伴他从年少轻狂到成熟有度，但奈何最终还是在半路撒了手。

不是不爱，而是爱不起。

北京成日上扬的房租，让这个初来打拼的女孩压力巨大。她想过无数种办法，帮助他度过职场的适应期，可每一次失败的都是她。

心累。

眼角不断扬起的皱纹慢慢吞噬了她的信心，最终柏拉图还是抵不过柴米油盐的涨价。

所以后来，当他站在雪地中，一字一顿地说要考空少的时候，她的反应才会那么大。

未来的路那么长，她不想再自己扛。

04

分道扬镳之后，欣仔就从米饭的生活里消失了。米饭这里留下的关于他的痕迹，就是朋友圈里多成灾的信息。那里记录着他们什么时候争吵，什么时候和好。

从牵手至今，两人分开的日子最多不超过10天。

可这次，距离上一次发朋友圈已经是半年。

半年的时光里，一向依赖欣仔的米饭竟然活成了一个独立的个体。害怕孤独的她，渐渐地学会了一个人逛街、一个人吃饭。

有时候，她会看着天空划过的飞机，猜想着里面会不会有个男人是他。

分开一年后，米饭的手机屏幕上突然闪出一条短信，上面短短的几个字写着：“嘿，傻妞，你准备好嫁给我了吗？”

米饭看着随后发来的空少照片，在北京的冬天笑成了一朵花。

没有谁是谁的长期饭票，任何时候，在遇到幸福之前，我们都必须先成为最好的自己。

唯有如此，才能不辜负漫漫长路的相遇以及未来的美好与繁华。

爱情不相信欺骗，只相信点滴

任何时候，爱情都不只是激情与承诺，
它存在于真实的每一个点滴时光里。

01

愚人节前夕，好友柠檬坐在星巴克里，气呼呼地说："我男朋友就是个骗子！"

我不解，问其缘由，从她的口中听到了这样一个故事：

四年前，在三线城市混得如鱼得水的柠檬，为了男朋友拍着胸脯说的那句"柠檬，你来找我吧，不久的将来，我一定会在这个城市给你一个家！"便不顾所有人的反对，放弃了舒适安稳的生活，拎着一个行李箱，坐了二十多个小时的火车，执意来到千里之外的北京投奔他。

就在柠檬为终于结束的异地恋松了一口气时，却又再一次陷入了无助与心酸。

她没有想到，来北京之后的第二天，男朋友就成了一个隐形人——好不容易团聚的时刻，他却因为工作而常常早出晚归。

于是，柠檬每天都是在空荡荡的房间里醒来，每天又是在沙发上在等待与期盼中睡去。

北京的温度很低，夜晚很冷。有那么几次，她蜷缩在沙发上直到被冻醒时，身上都没有一条温度十足的毛毯。男朋友承诺的那碗热气腾腾的粥，那些下班后一起牵手散步的场景，那些有空陪她一起逛街的时刻，那些节假日一起出去的旅行，都瞬间不见了踪影。

明明是在同一个城市，她却孤单形影相吊。

那段时间，他没有问过她对新环境适不适应，也没有关心过她新同事对她好不好。他对柠檬说过最多的话，就是在最短的时间给她一个有车有房的家。

可能他不知道，相比于遥不可及的未来和世间所有的甜言蜜语，她更想要沁入到每一个岁月中的点滴照顾和陪伴。

02

柠檬的诉说，不禁让我想起另外一个好朋友江江的故事。她们有着同样的深爱，她却没有在恋爱中体味过一丝的无助和不安。

和大多数貌美的女生不同的是，连走路都自带光环的江江早早地便谈了恋爱，并且在恋爱一年的时候，当着所有亲朋好友的面举办了订婚仪式。

那天，她穿着一身银白色的裙子站在台上，满眼幸福地说："谢谢你，陪我走过最艰难的时光。"

她说，正是因为有了男朋友的陪伴，才有了她的现在。

原来，毕业两年的江江为了自己的文学梦选择了辞职。裸辞后的她坐在出租屋里，在一无所有的情况下开始了全职写作。

面对她的冲动，男朋友非但没有阻止，反而还不断地表示举双手赞成，并不止一次地说："江江，你放心，不管未来有多难，我都会陪你一起过。"

那时候，她以为他只是说说大话而已，却不想从那天之后，男朋友就真的变成了为她东奔西走的小马仔。

因为担心她为了省钱而不吃饭，于是他便在每天早晨六点钟准时捧着饭盒、拎着大包小包出现在她家门口，然后将东西都放置好之后，再匆匆忙忙地离开。

本以为男朋友就是图个新鲜，可是没想到他这一坚持就是一百多天。

有那么几次，成都正逢雨季，连夜下到清晨的大雨，让地面上堆积了小半米的雨水。她觉得如此恶劣的天气，他一定不会在第二天早晨来她家。可是，次日早晨，他还是准时准点地站在了她家的门口，浑身湿透地咧开嘴巴，从大衣里面掏出一份还冒着热气的饭菜。

那一刻，她接过饭菜边哭边骂"大傻蛋"。

也就是那个时候，她看着眼前这个话不多的男人，一瞬间就觉得这辈子就是他了。

后来，同居的时候，江江更觉得自己选对了人。

她说，无论什么时候，他都会把她放在第一位，在他心里永远都是她第一，其他第二。

有一次，为了送发高烧的她去医院，他甚至放弃了一场难得的升职演讲竞赛。

偶尔，江江会从背后抱住男朋友，问他为什么要对自己这么好。每每这时，都会传出男朋友厚重又坚定的声音：“因为，你是我以后的老婆。”

感动。

比起那些说遍了世间情话、编织了一个又一个美丽谎言的恋爱，落实到点滴细节的爱更为温暖。

他会陪着你走过每一个难挨的日子，会安静地听你诉说内心的不安，会在夜晚悄悄地为你盖上踢掉的被子，也会攒钱给你一个准备许久的惊喜。

其实，哪里有什么所谓的轰轰烈烈、海枯石烂。所有真正的爱情，都存在于生活中每一个细节之处的陪伴与关怀中。

03

前段时间，知乎上有个问题，说：什么才是爱情最好的状态?

其中，有一个高赞回答收获了很多人的喜欢：

真正的爱情，是一种从内心发出的关心和照顾，没有华丽的言语，也没有哗众取宠的行动，但是能让你在点点滴滴、一言一行中感受得到。

深以为然。

年轻的时候，我们总以为时间很长，未来很远。所以，总是习惯性地把一个个美好都融进许诺里，却忽略了爱情最宝贵的东西就是点滴当中的温暖。

从决定在一起的那一刻开始，你们之间就会发生很多故事：

也许他会带着你去看人生的第一场电影，也会带着你去吃当地最有名的小吃；也许他会安静地看着你工作、学习，也会在节假日带你去看最美的风景；又或许他会每日做好可口的饭菜，乖乖地等你回来，陪你吃饭，陪你聊天。

说到底，其实爱情和生活一样，从来都不需要什么遥远的承诺，更不需要多么善意的谎言。因为，感动和温暖总是发生在日常相处的每一个细小的瞬间。

任何时候，爱情都不只是激情与承诺，它更是生活中的一蔬一饭，是问候与思念，是包容与守护，它存在于真实的每一个点滴时光里。爱情其实本不应该撒下弥天大谎，而是应该珍惜彼此在一起的美好时光。

不是所有的事情，都可以再等等

> 你以为的日久天长，其实转眼就到。

01

三个月之前，老陈获得A轮融资的当天，在全公司的人面前，捧着一束玫瑰花，单膝跪地地向柠檬求了婚。

他从西装的上衣口袋中掏出一枚明晃晃的戒指，略带沙哑地说：“柠檬，你能不能嫁给我？”

“柠檬，你能不能嫁给我？”这句话他从开始到现在一直说了六年。只不过对于柠檬来说，除了这一次，好像每一年都只是开启了新一轮的等待。

他总是问她能不能嫁给他，却总是用一次又一次的肢体行为暗示着再等等。

而老陈让柠檬再等等的原因很简单，因为他无房无车且正在创业。对于任何一个创业的人来说，结婚都是一件极度奢侈的事情，老陈也不例外。

年少的肩膀无法承受婚姻带来的责任与重担，所以他一次又一次地选择逃离与等待。

他曾无数次地在北京的深夜从背后紧紧拥抱住柠檬，看着熟睡的她暗暗发誓，一定要在最短的时间给她一个家，一个有房有车真正意义上的家。

有家很简单，在北京有一个家却很难。

几万一平方米的房子和昂贵到爆炸的生活费，都让这个初来乍到的男人感到窒息。

北京是个神奇的城市，皇城根下过往的每一个行人都有着不一样的故事，不一样的人脉关系。每一个看似善良无公害的人脸之下都埋藏着细思极恐的秘密。

没有办法，为了在这个人来人往的城市漂亮地活下去，一无人脉二无资金的他，只能依靠着自己的微薄之力艰难地圆着创业梦。

可是后来的事实告诉他，并不是活在世界上的每一个人都配拥有做梦的权利。

02

创业梦多坎坷，每走一步都艰难无比。

为了减少人力成本，老陈常常一人身兼数职，从凌晨的三点忙到深夜的十二点。创业的那些年，他房间里一杯接一杯的咖啡，陪伴他度过了无数个北京的凌晨三点、四点。

“凌晨的温度冷得让人心疼”，这是老陈坐在窗前，一根接一根吸着烟时从骨子里冒出的话。

北漂苦，创业更苦，那种不顾一切拼命一搏的心气，慢慢都会在一日日长出的枷锁中随风飘散。

那些年，老陈想过要走，但每次他看到柠檬在深夜围着围裙给自己煮粥的样子，眼睛就涩得难受。

这个女人跟了他很久，心甘情愿地陪他住地下室，陪他在深夜走过一条条无人的街。

刚来北京时，他拉着她的手，在泛着冷气的街头，一遍又一遍地问她后不后悔。

但每一次，她都摇摇头，嘴角上扬地回答："这辈子非你不嫁。"

03

"非你不嫁"是一句要命的话。

它在老陈最无助的时期，成了他的铠甲和软肋。

那些年，每次被客户拒绝，东西扔得满地都是时，他都会深吸一口气，蹲下身来慢慢捡起所有的纸屑，以及他的尊严。

老陈说，那些年，为了生活，他没有要过一次脸。

而那些年，为了吃饭，柠檬买过的新衣服加起来也不超过十件。

她总是说，自己是世界上最贤惠的女人，所以愿意没有理由地为他省钱。

只不过，每次她说这句话的时候，老陈的脸上都是一脸沧桑的苦笑。

其实，他很想给她买橱窗里面的衣服，很想让她穿得和其他女生一样漂亮，但是，他真的没有钱。

那时候，他所有的钱都投入到了项目中，很多时候连吃饭都十分困难。

他说过要带她来北京享福，可却让她吃遍了世间所有的苦。

那时候，他发誓，一定要等到融资之后，再风风光光地把她娶进家门。而他的右手，一举就是六年。

04

六年的光阴，将老陈变成了老老陈。

在无数个熬夜加班之后，他的公司终于融到了A轮融资，他一跃成为了身价不菲的北漂。

融资的当天早晨，他偷偷地去期盼已久的商店买了传说中的鸽子蛋，并在宣布融资后的晚上，当着公司全体人员的面单膝跪地地求了婚。

只不过，在他等待柠檬微笑点头时，换来的却是流着泪说“抱歉”。

原来，在他创业的这六年中，由于作息不规律，柠檬早就患上了胃癌。

后来，缺钱让她不得不选择隐瞒。再后来，她就变成了别人口中那个将死之人。

而这些，老陈却从来都不知道。

在他的世界观里，迎娶柠檬最好的时机就是有钱后。

后来，他有了钱，柠檬却不再有时间。

三个月后，老陈把戒指放在了柠檬的坟前，陪了她好久之后，起身说了声“再见”。

其实，不是所有的事情，都可以再等等。那些曾经被我们忽略的人，消失往往就在一瞬间。

有时候，你以为的日久天长，其实转眼就已经来到。

不要等到失去了，才幡然醒悟什么才是最重要的事情。

未来是一件不确定的事情，唯有把握好现在，才能更好地迎接未来。

余生漫长，但遇到你刚好

> 真正的爱情，说破天际也不过三个字：对你好。

01

遇上江先生之前，树叶没有想过结婚。

二十四岁独自北漂两年的她最鄙视的事情，就是身边许多女孩都活成了某个男人的附属品。

有时候，她会在床上躺着跷着二郎腿吃苹果刷新闻，对女生被抛弃的新闻颇感幸灾乐祸。

出于家境的原因，她从来都不相信世界上有什么事情是永恒不变的，而这其中也包括爱情。

所以每每同学聚会被嘲讽大龄剩女时，她只能尴尬地低头笑笑。不是不争辩，只是懒得解释。因为，她要的东西，和大多数人都不同。

作为一个生活在底层的农村女孩，她从小到大唯一的愿望就是挣钱。爱情不能带给她安全感，但钱可以。

好几次，她都曾在不同的场合公开表示说，如果必须在钱和爱两者之中选择其一，那么她眼睛都不会眨，就径直选择前者。

理由很简单，因为对比于爱情来说，钱更为实在。

要命的是，这个铁打的想法，竟然在她吃了二十四年米饭的时候，奇迹般地被一个姓江的男人所打破。

树叶说，江先生一出现，就莫名其妙地治愈了她破碎多年的安全感。

02

在微信聊天第二天的时候，树叶就萌生了想要嫁给江先生的想法。

不过几个小时的相处里，她就感受到了这个男人从心底里涌出的源源不断的爱意。

他会事无巨细地介绍自己的家庭成员，会一本正经地诉说自己的工资，也会小心翼翼地询问树叶想要在哪里买房子定居。

几个小时的谈话里，树叶就切身体会到一个想要和你结婚的男人，他的表现到底应该是什么样子。

初冬的北京，穿着棉衣的树叶步履匆匆走在人行道，听见身旁若有若无的那句："树叶，你能不能和我在一起？"

她转过头，看着身旁这个身高一米七八的男人，低着头害羞得像个三四岁的孩子。

她没有回答，自顾自地向前走了十米左右的时候，又突然退回来，点点头，回了句："好，我愿意做你的女朋友。"

后来，在北京渐渐变冷的冬天，说要一辈子不结婚的树叶开始了恋爱，一场意料之外却避之不及的恋爱。

03

牵手后的每一天，树叶都有一种中了彩票的感觉。她常常挂在嘴边的话，就是上辈子可能拯救了银河系，所以这辈子才能遇到江先生。

江先生对她不是好，是好到爆。

微信聊天记录里，她随口一提的话语，江先生都会记在心里。

他会在她说腰疼的第二天，从京东上快递过去散热宝；他也会在她心情不好的时候，不厌其烦地给她讲笑话，尽管很冷，但是每一句都让树叶的心脏暖到了极致。

她没有想过，在一把岁数的时候，还能遇到一个将自己捧在手心里的男人；她更没有想过，这个男人，为她放弃了自己。

04

在一起第三十天的时候，江先生的公司总部从北京搬到了深圳，大部分顶尖人才都跟着去往深圳的时候，只有江先生留了下来。

他说，他老婆在这里，所以哪里都不能去。

可实际上，深圳离他老家的距离更近一点。

三天以后，树叶躺在床上，隔着电话问他是装傻，还是真的傻。

电话那头，沉默了很久之后，突然一本正经地说："你一个人，跟着我去深圳，人生地不熟，难免会想家。而我皮糙肉厚，你不必担忧。"

树叶没回应，哽咽着咽下所有的感激，默默地在心里刻下了四个字：非你不嫁。

这么久以来，我们都以为爱是自私的，其实不然，真正的爱情，说破天际也不过三个字：对你好。

他会站在你的角度上考虑问题，会把你的一切当成自己生活中最大的事情，会绞尽脑汁地做一切之前自己认为是傻子式的行为。

他会排掉所有的不可能，制造千万种机会和你牵手，走过余生。

你不必担心，这样待你的人，我们最终都会遇到。

永远不要隔着屏幕爱一个人

> 隔着屏幕的爱情，连开始都带着些许的仓促。

01

馒头失恋了，又或者说她刚刚结束一场自以为是的恋爱。

让她患得患失的男人是老腾，一个在二十多岁拥有四十多岁容貌的男人。

北京孤独漂泊的时光里，他们通过微信相识相知，并且在越聊越好之后隔着屏幕确立了关系。

在那些无人问津的时光里，能遇上一个对自己知冷知热的人，真的不容易。

但比不容易更不幸的是，馒头得到的所有安慰，都只限于停留在屏幕上。

热恋时期，腾哥隔着屏幕对她说尽了千万般好话，却连一个5元钱的手套都不舍得买了以后邮寄给她。

他总说工作很忙，所以忙到连见一次面的时间都没有。

偶尔，他也会开玩笑地问："馒头，你是不是已经过了耳听爱情的年纪？"

每每这时，馒头都会叹一声气后强颜欢笑地打出两个字：还好。

冰冷冷的屏幕传递出来的，永远都是馒头幻想出来的温度。她蜷缩在被窝里，拿着语音，眼睛眯成一条线地听着熟悉的声音。

她没有见过他，连一张照片都没有。

所以，在一场本应该靠脸辨别爱情的爱情里，她只能依靠听筒里传来的声音。

还好，有总比没有好。

就这样，她与一个从来没有见过面的男人，一谈就是三个月。

02

三个月的光影里，老腾从来没有出现在她的面前。

无论她是发烧，还是感冒；无论她是逛街，还是看电影。屏幕那端永远都是一副紧张兮兮、关怀备至的样子。

他们在微信里约定过好多事情，说以后的以后要一起去云南，一起听薛之谦的演唱会，一起爬山，一起看海。

每一次聊天，腾哥都会潜移默化地向馒头灌输一种思想：你看，我的未来真的有你。

“你会出现在我的未来里”像是一根定海神针，把馒头绑得紧紧的。

吃了二十多年米饭的她，对腾哥的言论丝毫未曾怀疑。

一段不公平的隔着屏幕的恋爱里，一开始认真到骨子里的馒头就输了。

因为她从来不知道，微信那头传来的爽朗笑容到底是因为她，还是另有其人。

03

某次酒吧聚会，在酒精的刺激下，馒头开始玩大冒险。

好死不死，一杯酒下肚的时候，她抬起头听到了一个熟悉的声音，他温柔的臂弯里躺着一个身姿妖娆的女人，涂着大红色的口红，甜甜地叫他为腾哥。

腾哥，即为老腾，一个二十多岁拥有四十多岁脸庞的老男人。

馒头站在原地，目光呆滞地看着老腾从她的身边划过，想起一分钟前躺在微信里的那句：亲爱的，我在加班。

原来，一切美好都源于她的想象。

她在一个人的世界，连孩子的名字都想好了，却还是输给了灯红酒绿、杯光交错的环境里那一抹妖娆的红色。

怪不得，他说自己忙，怪不得，他说自己没有时间送她回家。

扯淡扯出花来的人并不多，馒头遇上的老腾算一个。

隔着屏幕的爱情，连开始都带着些许的仓促。

那些嘻嘻哈哈的温情关怀声里，你永远都不知道冰冷的另一端到底是什么鬼样子。

隔着屏幕能够开展的爱情，多半都会夭折在半途中。

如果，他连一个陪伴的资格都不愿意给你，还堂而皇之地说要和你在一起，相信的人不是傻子就是笨蛋。

你那么聪明，一眼就能看到的陷阱就不要跳了。

姑娘，你已经过了耳听爱情的年纪

因为只说不做的，永远都是假把式。

01

牛仔这辈子做过的最傻的事情，是相信了康哥的话。

北京凌晨的三点，她躺在床上看着天花板，听着手机那头涓涓不断地说要对她好，让她开心的言语。

举着右手说这些誓言的男人是康哥，一个刚刚和她认识两天的男人。

凌晨三点的北京，掺杂着晨露与懵懂的气息，带着康哥铿锵有力的声音慢慢入侵到牛仔的心脏。

他说：“我会对你好一辈子。”

他说：“我会娶你为妻。”

他说：“我会为你洗衣做饭。”

无数个超级认真的“他说”里，其实都藏着康哥埋在心底深深的玩笑。

只不过，比他玩笑还要命的，是听的人却当了真。

02

或许是清晨更容易犯浑，或许是深夜更容易相信，反正一向理性的牛仔独独在这次当了真。

她对着他每一句看似会实现的话语，都会点点头说“好”。

确立关系的第二天，牛仔的家就从北京的西城搬到了东城，从一个人的房间换成了两个人的大床，床边也多了一个人陪伴。

她说，在北京漂泊的日子里，能够遇到一个志同道合的人真好。

是真的好，所以她才会在几个月后一个人坐在医院的走廊里，面对着过路人的指指点点，狼狈。

那个时候，从她面前路过的每一个人，都会在眼神里发出鄙夷，将那句“不要脸”幻化成了上扬的嘴角。

牛仔握着化验单，叹了口气，一瞬间体会到了自食其果的含义。

03

其实，从同居的第二天，牛仔就发现了康哥之前未曾展现的点点滴滴。

上床的一瞬间，牛仔除了感觉到疼痛，还感觉到了康哥变化极大的丑恶嘴脸。

一场翻云覆雨之后，牛仔就成了这个房间里名副其实的老妈子。

朝九晚五上班的她在坐了两个小时地铁，回到家之后，映入眼前的必定是康哥躺在床上玩手机的样子。

所以，牛仔他们的晚饭就从下午七点变成了晚上九点。

偶尔，费尽心思做了好几个饭菜的她还会被康哥百般刁难，饭菜不好吃、色香味不俱全等等，在牛仔把饭菜端到桌子上的一瞬间，坐在客厅里看电视的康哥就会有一百个理由等着她。

而从前那些说要陪她逛的街，说要陪她买的衣服，都被抛到了九霄云外。

信以为真，并不能成真。

04

擦枪走火的三个月里，躲避不及的牛仔怀了孕。

十二月份的北京，她激动地拿着化验单给康哥看的时候，却被突如其来的冷漠搅了个底朝天。

康哥坐在沙发上，说了句“打掉吧”之后，便不屑一顾地吸着烟。

牛仔低着头，不断尝试着卑微祈求：“我能不能生下来？”

“不能。”是她从始至终得到的答案。

几分钟后，盯着康哥看了一会儿的牛仔突然转过身离开。她没有要康哥的一分钱，只是一个人来到了医院。

人来人往的走廊里，她孤独地杵在那里，不知所措得像个傻子。

经过一个小时的漫长摧残，牛仔又回到了从前，只不过这一次她连走路都需要费力地弯腰。

从医院回来的时候，路过康哥的住所，牛仔站在楼下，觉得虽然只过了几个月，对于她而言就好像过了一个世纪。

只停留在耳边的爱情，多半会让人落得一身伤。

不论他说要为你做多少事情，只有每件事情都落实到行动上，才是值得动心的人，值得托付的未来。

姑娘，你已经过了耳听爱情的年纪。请在下一段爱情来临之前，增加自己辨别是非的能力。

因为只说不做的，永远都是假把式。

因为下辈子不可能，所以才要这辈子爱你

> 爱要大声说出来，
> 永远不要怀着侥幸心理让另外一个人去猜。

01

二十四岁的老李最擅长的事情就是说谎，尤其是在枕头面前，能说会道的他常常会把黑的说成白的，把白的说成彩色。

他说，这叫作能力。

果不其然。

毕业三年有余的时候，他就凭借着自己的三寸不烂之舌在职场上厮杀出了一片天地。

与他同步提升的，是他与枕头铁打的感情。

二十岁那年，他们同在北城，匆匆时光间，一起经历了岁月的洗礼。

高考的渡劫完成之后，老李拿着并不高的分数去了南城，枕头则百般无奈地留在了北城。

大学四年的生涯中，老李桌子里整齐归置的车票凑成了一副扑克牌，每一张牌飞往的都是同一个目的地。

偶尔，他请枕头舍友吃饭的时候，也会听到几分认真的玩笑。

她们问：“老李，你是不是喜欢枕头。”

每次，老李都会笑着摇摇头说：“我又不是没有长眼睛。”

后来，日子一久，略带娘娘腔的老李就被公认成了枕头的闺蜜，性别男。

02

毕业后，脑子秀逗的老李孤身南下深圳，不顾家人的反对，一个人在中国最繁华的地方住着十平方米不到的地下室。

孤独难熬的日子里，他每天最快乐的事情就是在吃饭时和枕头视频。几千里的距离，隔着屏幕都能感觉到她在笑，他再闹。

摸爬滚打一年，老李细致光滑的脸开始爬上了一丝丝皱纹，每一丝都有故事，每一丝都是由无数个加班熬夜的夜晚堆积而成。

没有人知道他为什么会这么拼，有时候，连他自己都不知道。

二十多岁的老李，在本该清闲的年纪里，忙得脚不沾地。

深圳N多个泛着鱼肚白的凌晨里，他都躲在被窝里。莫名席卷而来的思念，让他觉得窒息得难受，他不敢说，也不能说，日子一久，刻在脑海里的话就成了淹没在心底里的秘密。

03

这个秘密另外一半牵连的女人，叫枕头。

初见时，她还是坐在操场上正在哭鼻子的小女生。泛黄的灯光，来来往往的人群，映衬着她不断抖动的肩膀。

老李走到她身边，递上纸巾，没有说一句话。

后来，两个素不相识的男女，就成了无话不谈的好朋友，而操场的主席台则在他们的青春里扮演着不可或缺的角色。

从那时候起，一向老实巴交的老李就学会了说谎。

枕头问他，周末想去哪里，老李回答去哪里都可以；枕头问他，为什么总是出现在操场的主席台，老李回答刚好无聊而已；枕头问他，是不是喜欢自己，老李回答下辈子都不太可能。

只可惜，最后一句回答，老李说出口的只有一半，剩下的一半是：因为下辈子不可能，所以才要这辈子爱你。

04

从深圳搬到唐山老家时，是七月份的雨季。大雨滂沱摔打在地上，碎了老李埋藏在内心里的希望。

那一天，站在火车站接他的除了枕头，还有一个看起来傻傻的男人。

这个男人他见过，多年前坐在学校操场上时在枕头的手机上。

听枕头说，手机上的男人是她关于爱情全部的幻想。

后来，幻想破灭了，她也颓废了。

颓废的光阴里，老李总是一言不发地陪在枕头的身边。

他会带她看最新的电影，会跨洋过海地给她惊喜，会因为她的一句话而激动不已。

这么多年，他始终都在暗暗勾画的图画里扮演着独角戏。

如今，他想表白时，她的身边却有了另外一个男人的影子。

老李说，这就是宿命，也是注定。

其实，在他去南城和深圳的时光里，枕头曾无数次地拜托身边的朋友开玩笑试探他的心意，遗憾的是每一次得到的答案都不是她想要的。

之后，枕头就转过头接受了曾经已忘却的过去。

没人说过他爱她，也没人说过她爱他。

但内心戏十足的他们，都在各自的世界里，感动了自己。

爱要大声说出来，永远不要怀着侥幸心理让另外一个人去猜。

谁都不是谁肚子里的蛔虫，猜得太多是错，猜得太少是错过。

无论何时，都要学会，在那些并不美好的时光里，活成迷之自信的样子。

只有这样，那些想都不敢想的事情才会成为现实。

Better and better.（越来越好。）

北漂的日子，能遇见你真好

趁年轻，用力爱。

01

你做过最后悔的事情是什么?

分手。

这是卷毛站在路灯下，影子被幽黄的路灯拉得老长时默默吐出的两个字。

吐出这两个字的卷毛曾经有一个千年不变的习惯，那就是从下地铁步行到小区的十几分钟，她的手机始终都是在通话中。

电话那端的男人，是她在北京漂泊时遇到的另一半孤独的灵魂，人称木头。

三年前，她握着电话，背着行李，满头大汗地出现在他面前时，说的第一句话竟是:“有没有人说过你长得好像某个电影明星?”

木头笑笑，带着她在当地的小区逛了好几家房子，还在敲定之后笑容可掬地帮她搬家。

因为来北京遇见的第一个人是他，所以连找房搬家都变得高效有意义。

所有那些来京之前的顾虑，都在这一场相遇里，被打消得无影无踪。

原来，北京并不是全部都是坏人。

还有，像木头一样看见她就笑的好人。

02

卷毛口中的那个好人，来自河南，是一个不善言辞的房屋中介。要命的是，与其他能说会道的销售相比，他每个月的业绩都少得可怜。

他不爱财，也懒得和别人争，入行的一年多只是埋着头，独自一人吭哧吭哧地找着客源，试图努力提高业绩。

尽管如此，还是依然没有什么用。

淳朴憨厚的性格加之本就不喜争斗，让这个来自农村的小伙在北京过得举步维艰。

遇上卷毛之前，木头是一个孤独的人。

遇上卷毛之后，木头成了一个学会单相思的人。

分开以后，他开始想念卷毛的笑，想念卷毛皱巴巴的衬衫以及和他相同的味道。

再后来，卷毛的门把上就开始时不时出现水果和一些其他好吃到爆炸的东西。

再再后来，卷毛和木头之间的距离就从4000米变成了50米，因为作为中介的木头，前不久刚刚搬到了她隔壁。

03

一个人最苦的事情莫过于无人陪伴。

那些北漂的日子，卷毛手机里通话记录最多的人就是木头。

她会在早晨时被他叫着起床，会在遇见难题时和他商量，会在晚上下班的路上和他聊天。

总而言之，不知不觉间，木头的身影填充了卷毛北漂的每一个日夜。

她哭的时候，他不会笑；她笑的时候，他也不会哭。

住在隔壁的900多个日夜里，她和木头一起逛过街，一起看过北京夜晚的街道，一起看过世界各地不同的景色。

木头说，总有一天，他会在一个特殊的日子，将她娶回家门。

每每这时，卷毛都会笑着点头说“好”。

好。

北漂的日子，能遇见你真好。

04

好日子过了三个年头的时候，木头突然提出了分手。他说，自己还有很长的路要走，不想为了她失去自由。

卷毛坐在北京傍晚的大厦内，看着楼下街道上的车水马龙，抽了自己人生的第一根烟，然后连眼睛都没眨地让木头滚蛋。

木头很听话，这一次也不例外。

三天都不到的时间，卷毛隔壁的房间就换了新的主人，木头所有的联系方式也都成了空号。

她用了三年的时间走进了他的生命，却只用了三天的时间重新回归成了他生命中的陌生人。

彼此断了联系的日子，卷毛活成了世界上另一个木头，她学着他做饭，学着他穿衣，学着他说话。

越来越像的时候，卷毛收到了来自木头的微信，微信那头的他，穿着病号服，坐在病床上，有气无力地说出了那句迟来的“我爱你”。

卷毛站在街尾，想起木头曾站在路灯下，举起右手，发誓说总有一天会把她从路的开始背到路的尽头，便突然泪流满面。

她很想返回那些年，撕心裂肺地问问他：“总有一天，是哪天？”

有句话曾说，你永远不会知道未来和意外哪一个先来。

确实。

那些曾陪伴在我们身边的人，说不定在哪一天就会突然消失不见。

那些曾许诺过我们一生一世的人儿，说不定哪一天就撒开了紧紧握住的手。

所以，趁年轻，用力爱。

愿有人陪你颠沛流离

不遗憾，我遇见的是你。
很庆幸，到最后没有错过你。

01

厦门是个盛产海风的地方，也是个盛产爱情的地方，更是土豆安家的地方。这个血液里流淌着北方人豪迈的女子，临了还是落在了南方。

记忆中，土豆不属于任何一个固定的城市，每一寸土地下涓涓不止发出的相同气息让她打心眼里觉得难受。

在一个地方呆久了会厌，喊了好几次“哎哟，真难受”之后，土豆给家里留了封信，带着为数不多的盘缠，壮志豪情地说要游遍中国，游遍世界。

运气不好。

被自己的豪情壮志打了鸡血的土豆前脚刚迈出家门，后脚就被她虎背熊腰的爸爸拎了回去。

劈头盖脸一顿狂骂后，土豆妈坐在沙发上，痛心疾首地指责着土豆的不务正业。

的确。

背包客在大多数人眼中都是不务正业的代名词，世俗意义上的务正业就是永远坚持不懈地为房子、车子、票子奋斗。

循规蹈矩地过一生，是很多人的追求，只是这很多人中不包括土豆。

土豆早在穿开裆裤的时候，就是特立独行的那一种。别的小女孩都会穿着漂亮的小裙子，围成一团叽叽喳喳地讨论着班上哪个男生最帅，哪个老师最好。而土豆则会穿着裤子，坐在教室的角落里安静地画着画。

老师摇摇头，悄无声息地走到她身后，哭笑不得地指着纸上的五颜六色，问："这是什么？"

"这是世界上另外一个地方。"

在土豆为数不多的认知中，世界上另外一个地方就是除了他们村以外的地方。土豆说，总有一天她要去世界上另外一个地方看看。

没想到的是，这个二十多年前埋下的种子，却在二十多年后发了芽。

将近三十的土豆在经历了几次职场中的大起大落后，突然萌生出一个辞职环游世界的扯淡想法。

第二天，执行能力超级棒的土豆，就甩了封辞职信到坐在办公室里满身猥琐气息的男人脸上，信誓旦旦地说了句"这辈子都不会后悔"，然后在众人目瞪口呆的表情中扬长而去。

从大厦出来的那一瞬间，她就后悔了。

土豆在大厦门口的ATM机查了查银行卡的数额后，对着一旁的大镜子，一副恨铁不成钢的样子："土豆，你的智商能不能和颜值齐平？"

土豆撒过很多谎话，偏偏这句描述了一个事实，她的智商确确实实没有她的外貌水平高。

智商常年下线的她自从出落成落落大方的姑娘后，就妥妥地成为了“渣男”的收割机。几段爱得撕心裂肺的经历，让她知道了什么叫作男人没有最渣，只有更渣。

土豆准备与人生中最后一个“渣男”领证的前一天，一个莫名的电话将她身体里兴奋的熊熊烈火浇灭得一丝不剩。对方柔柔弱弱地说她怀了“渣男”的孩子，想要生下来。

怒火中烧的土豆和她约在了咖啡馆，左思右想了无数个大战的场景，在见到对方之后竟然奇迹般消失得无影无踪。

北方的空气中夹杂着混凝土的干燥，阵阵大风吹得土豆心底直发凉。她坐在咖啡厅里，上下打量了一下对面那个中规中矩的女孩，脸上写满了焦急和不知所措。

空气静得要人命，土豆接过服务员手中两杯滚烫滚烫的奶茶，挤出一个关怀的微笑，推到了女孩的面前。

在这场她以为胜券在握的战争中，对方一出场，她就输了。

真刺激。

事业爱情双双败下阵来的她，去附近的商场买了个背包，不顾一切地想要开始背包客的生活。

只不过，她的背包客生涯还没开始，就被父母的泪如雨下拦了回来。

苦口婆心一阵叨叨，土豆默默地站起来，没说一句话，低下头给父母深深地鞠了一躬，转过身慢慢走远。

父母在不远游，游必有方。

土豆的方在哪里？

她现在不知道，但也许走着走着就知道了。

02

抱着游必有方的信念，土豆走过了黑龙江、天津、福建、云南、四川、西藏。

见过了太多风景以后，她想要去更高的地方看一眼，在拉萨停留了两个星期后，土豆购置了齐全的装备，背着从老家买的包包，边徒步边打车，一路坎坎坷坷地到了珠穆朗玛峰。

珠穆朗玛峰是个让人望而生畏的地方，土豆以前觉得，放着清闲日子不过，置生命于不顾地去玩所谓的大冒险，是傻子才会做的事情。可是几年后，她竟然步履维艰地在做曾经自己心里认为最傻的事情。

那句话怎么说来着，只有想不到，没有做不到。

笑话。

土豆颠簸到能望见珠峰的地方的时候，她浑身上下的哆嗦里就一个字：冷。

暴风夹杂着雪“啪啪”地打在土豆的脸上，呼啸而来的风吹得这个北城来的女子连连倒退了好几步，一个趔趄摔在了雪中。

土豆艰难地站起来，还没来得及拍打干净身上的雪花，便又摔倒在了雪里。

方圆十里一片白茫茫，弹尽粮绝的土豆躺在雪地里，呆呆地望着头顶上湛蓝色的天空。半晌，她换了个四仰八叉的造型，说就是死也要死得好看一点。

北半球的珠穆朗玛峰温度低得吓人，雪地里土豆的鼻尖开始慢慢渗出一丝寒霜，越下越大的雪渐渐淹没了土豆的身体。

她皱了皱眉，觉得人生中最大的遗憾就是没能在临走时吃几只绝味鸭脖。脑补了各种各样的鸭脖盛宴后，她的身体里突然燃烧起熊熊烈火。

火苗还未扑灭之时，土豆听见了渐渐靠近的“哒哒”声，声音在两米开外的地方换成了“吭哧吭哧”的脚步声，她从眯缝的双眼里看到了一个穿着绿色军大衣的男人。军大衣用蹩脚的普通话大声地喊叫着“醒醒”。

醒醒?

她何尝不愿，只是连续24小时没有进食的土豆早就不知道醒醒是什么意思。

土豆全身僵硬地被军大衣抬上马背，上下颠簸的时候，她张张嘴，吐出一个无声的“谢谢”。

印象里，马儿跑了很远的路，远到这个冻僵的女人彻底失去了意识。她不知道自己在哪里，也不知道自己将要被带去什么地方。

再醒来时，她已经躺在了一家小屋子里。屋子的四周都是木头，中间凸显出的巨大火炉让屋子多了一丝温暖。

土豆捶了捶疼痛的脖子，抬起头看到了那件熟悉的军大衣。

他小心翼翼地把一杯冒着热气的药水放到桌子上，露出十八颗大牙，带着脸蛋上两块高原地区人独有的高原红，笑嘻嘻地说：“喝吧，喝了就暖了。”

土豆看了一眼姜水上飘起的一小片树叶，瞄了一眼眼前这个身材魁梧面带质朴的男人，一饮而尽。

真难喝。

军大衣继续挂着笑容，自顾自地说：“良药苦口才利于病嘛。”土豆不说话，只是大口大口地往胃里灌着白开水。

半个小时后，彻底缓过来的土豆收拾东西就要走，军大衣皱了皱眉，满心疑虑地说：“你这个女孩子还是可以哟，啥攻略都不做就敢来西藏。”

土豆尴尬地笑了笑，心里默默地回了句“要你管”。

走出小院十米时，土豆看了看前方空无一人的白茫茫，咬了咬嘴唇似笑非笑地返回了军大衣的家。

军大衣看着步步走近的土豆哈哈大笑，摆出一副“我早就知道你会回来”的样子。

傍晚的时候，土豆坐在小板凳上，看着军大衣手艺娴熟地做着饭。他站在锅炉前，侧过身问：“喂，你喜欢吃什么？”

“随便。”

“我可不会做随便哟。”

土豆耸了耸肩，拿起从外边捡到的一根木棍，在地上不断地画着圈圈。脚下的土地十分松软，自带画家属性的她三笔两笔就勾画出了一幅西藏的样子。

军大衣捞出两碗饭放在桌子上，用围裙来回地擦着手问：“你就那么喜欢西藏么？”

“嗯。”

“为什么？”

“我想去更高的地方看一眼。”

军大衣看着一本正经的土豆，“噗嗤”一下笑出声来，然后长吸了一口气，像是做了个重大的决定，一字一顿地说：“既然你那么喜欢珠峰，我就带你去山脚下看看。”

土豆跳起来，兴奋得抱了抱军大衣，连说了十句谢谢。军大衣害羞地笑了笑，语无伦次地催促土豆赶快吃饭。

饭吃得很愉快，土豆三口两口就干完了军大衣辛辛苦苦做的饭菜。撑到无穷大的土豆大声打了个嗝后，又去催促他收拾行李。

这一夜，土豆彻夜难眠，不知为何，她竟然对这个未曾谋面的男人有一种似曾相识的感觉。

不是爱，不是喜欢，而是一见如故。

任何旅行都应该有个伴，因为只有两个人相互搀扶，才能走得更远。

第二天行走了几十公里后，军大衣决定驻扎下来。土豆钻进他三下五除二搭好的帐篷里，打了个哈欠，叨叨地说了几点自己来这儿的原因。

絮絮叨叨了一堆后，她转过头，好奇地问：“那你呢？你为什么来这儿呢？不会是因为一个女人吧。”

军大衣脸一沉，翻过身背对着土豆不再说话。自知理亏的土豆噘了噘嘴，独自生着闷气渐渐进入了梦乡。

几个小时后，土豆在太阳照常升起的雪地上揉了揉眼睛，看见已然穿戴完毕的军大衣。她套了个外套，舔了舔被风干的嘴唇，挑着眉毛问：“军大衣，我还不知道你叫什么。”

军大衣拍打着身上的雪花，头也不抬地回了声：“老刘。”

后来的旅程里，土豆渐渐知道了老刘是厦门人，两年前来到西藏过起了与世隔绝的生活。

只不过，他与世隔绝的原因是个秘密，任凭土豆怎么问他都只字不提。

老刘只说这是命的安排，命运让他来这儿，忤逆不得。

世界上那么多人，没有一个可以违背命运的安排，土豆如此，老刘也是如此。

03

骂骂咧咧了一路命运这个王八蛋后，土豆就傻眼了。因为后来的一系列事实证明，仰望珠峰不仅需要毅力，还需要运气。

走到一半的时候，老刘和土豆遭遇到了暴风雪。突如其来的大雪几乎要了老刘和土豆的命，命悬一线的时候，老刘突然剪断了自己与土豆之间唯一的绳索牵绊，然后被狂来的雪花淹没了一半。

雪停下来的时候，土豆艰难地从雪里站起来，不顾一切地朝老刘所躺的地方飞奔而去。

她用力地刨开老刘身旁的雪，继而趴在老刘身上哇哇大哭。

土豆说：“老刘，你还没带我登上山顶呢。”

土豆说：“老刘，你还没告诉我你来的原因。”

土豆说：“老刘，你不能走。”

嘤嘤地哭了一阵，土豆的后背突然伸出来一只手，老刘咳了两声，用微弱的声音说：“还没把你送到珠峰山脚下，我怎么可以走。”

土豆笑了笑，用力地趴在了老刘的身上。

那天晚上，老刘在喝了两杯姜水后，看着帐篷外飘起的雪花，幽幽地说：“土豆，我来这儿的确是因为一个女人。”

几年前，老刘还不是单身，那个他放在心尖的女友在订婚后，吵着要登珠穆朗玛峰。年轻气盛的老刘不知道天高地厚，未做任何攻略就带着女友来到了这个传说中无比圣洁的山峰。

登山之前，女友曾在他怀里撒娇，说从山顶上下来以后，他们要在这个地方待够3年，以此来彰显他们不一样的爱情。

未来3年要住的房子都已经找好了，是女友最爱的小木房，中间有个大火炉，旁边有个小火炕。老刘说，他们要在这个小火炕上诞生他们的第一个小孩。

就在未来的一切规划得天衣无缝的时候，老刘的女友却没有从山顶上下来，一样的暴风雪，一样的场景。

老刘点燃了根烟，平淡得像是在诉说别人的故事。烟快要燃尽的时候，他转过头盯了土豆足足十分钟，蠕动的嘴唇又回归到了平静。

土豆被他盯得心发慌，一种从未有过的熟悉感瞬间蔓延全身。眼前这个男人总能给她一种说不清道不明的熟悉感，好像前世，前前世，他们就见过一样。

或许是老天眷顾，土豆和老刘在九死一生后平安地到达了山脚下。站在山下的土豆激动地给了老刘一个拥抱，然后又瞬间后退，一个劲地朝着老刘和山峰下的白雪皑皑傻笑。

愿望完成后，土豆找了各种各样的借口拖延留下来的时间。

第一天，她说身体太累不适合继续游走；第二天，她说还未来得及做好规划；第三天，她说明天是在老刘小屋停留的最后一天。

天复一天，就这样，土豆一直拖了七天。到了第八天的时候，找不到任何理由留下来的她，一言不发地收拾着行李，老刘则一言不发地做着饭。

行李收拾完毕，老刘骑着马把她送到交通便利的地方。一路上，静得只听得到耳边呼呼而过的大风，快到站之际，土豆突然从后背环抱住了老刘，她的脸紧紧地贴着他的背，在雪花飘落的山脚下眼睛涩得难受。

分开的时候，土豆背着包，含着眼泪问：“老刘，我们还会再见么？”

“会。

“一定会。”

04

离开珠峰之后，一向定力十足的土豆就像是丢了魂，形单影只地带着一具空壳游走在中国其他的城市。

飘飘荡荡了一段时间，她就奇迹般地去了厦门。

听别人说，厦门是个盛产海风与爱情的地方，也是土豆唯一想要安家的地方。

厦门的每一寸土地对土豆来说都有魔力，它步履蹒跚的节奏，性格善良的人群，以及军大衣的那句“一定”。

承诺是这个世界上最要命的东西，它总是在不经意间让我们活在过去，活在过去的记忆与幻想里。

土豆忘不了老刘，忘不了那个曾经陪自己共患难的男人。

她走的时候，老刘没有挽留，或许是他还念旧，或许是他上一段的承诺还没有完成，总而言之，他眼睁睁地看着土豆走掉，甩下一句“一定会”，就目不转睛地注视着她消失在了人海里。

一定会，一定会。

哪有什么一定会，无非是把当下无法兑现的承诺无限期延后罢了。以后的日子，谁也说不清，以后的路，谁也无法预料。于是一定会就变成了也许会，再变成了可能会，最后变成了希望会。

希望是个好东西，至少它不会让人感到绝望，也会让人从缝隙中看到一丝光亮。

05

我是在厦门认识土豆的，这个血液里流淌着北方豪迈的姑娘在厦门的小镇颇受欢迎。

那几年，土豆还是喜欢旅游，只是来到厦门后，她把自己的旅游范围从全世界缩小到了全中国，又从全中国缩小到了厦门，最后只剩下了一个叫作鼓浪屿的地方。

闲来无事的时候，她总会邀请我去鼓浪屿走走。湛蓝的海边停泊着几艘大大小小的轮船，来来往往的行人悠闲地从水的这头走到那头。

有时候，土豆会看着潮起潮落问：“璐子，你说他还记得我么？”

也许吧。

他也许会记得那个曾经一脸倔强地说要爬上珠穆朗玛峰顶的女人，那个在冰冻的雪地里为他撕心裂肺流泪的女人。

可然后呢？

然后看着你们彼此分离着渐行渐远。

与老刘渐行渐远的土豆，是个全世界唯我独尊的女人。但就是这个连哭都带着几丝笑意的女人，每每谈起老刘的时候，发亮的眼睛都会黯淡几分。

后来，这个女人再次背上了包，开始第二次的漂泊之旅。临走时，她拿上了一直放在桌子上的玻璃雪球，送给了我一个可爱的小皮卡丘，沉思了很久还是踏上了未知方向的火车。

土豆没说她去了哪里，或许连她自己都不知道自己下一站会停泊在何方。

曾经她以为厦门是她接下来的家，可等了好久，他都没有来。万念俱灰的土豆冲着鼓浪屿大声呐喊了几声，然后带着她的不甘心扭过身走了。

我送她去火车站的时候，轻声问她："土豆，你还会回来么？"

土豆笑了笑，转过头钻进了车站的人山人海。

我看着土豆沉重的脚步声，摇摇头，不停地小声嘟囔："这个傻姑娘。"

土豆是傻，傻到从来都不会为自己留后路。她常说的一句话就是："人生要那么多后路干吗，向前奔跑就对了。"

是啊，人生有太多时候无从选择，只能低下头暗自努力地向前奔跑，哪怕没有人陪，哪怕扛着世人不解的目光，只要活成自己喜欢的样子就算值了。

06

土豆走后，小镇上来了个傻男人，他在厦门的鼓浪屿开了家花店，取名为土豆花。

鲜红色的牌子挂在门店的上面，异常突兀。来往的行人有的觉得不可思议，有的觉得特立独行，唯独没有一个人觉得这个名字好听。

土豆花？

土豆怎么能开花呢？神经病！

很少有人知道花店老板的真实名字，人们总是以神经病称呼他。神经病在小镇待了1年零1个月的时候，在花店的旁边买了个房子，满心欢喜地说要给女孩一个家。

神经病口中的女孩我们从来没有人见过，偶尔三三两两买花的人会从神经病的口中知道那是个漂亮到天上的女孩。

神经病总是说，她是全天下最好看的女孩，有着白皙的皮肤和放荡不羁的灵魂。有时候，人们会看着他满是憧憬的脸不断起哄："带过来看看啊！"

每每这时，神经病都会小酌一口酒，抿着嘴笑道："还不到时候。"

"还不到时候？

"那多久才算到时候呢？"

"快了。"

有一次，我从花店路过，带着些许的好奇，走进了坐落在小城的那家店。花店靠窗的位置摆了两个白色的椅子，被阳光一照显得异常美。神经病坐在椅子上闭着眼睛，悠然自得地享受着上天赏赐的此刻。

我咳了两声，他连忙站起来帮我选了两束花，付钱的时候，他直愣愣地盯着我手机上的皮卡丘，过了好久，他抬起头看着我问："你认不认识一个叫土豆的人。"

我点点头，笑了笑，叫了声："老刘？"

"她去哪里了？"

"不知道。"

老刘的眼神里闪出一丝落寞，忙倒了两杯咖啡，邀我去椅子上坐坐。

白色的椅子被太阳照得颇有温度，坐在上面烫得屁股滴溜溜地疼。我面上挂着笑容，心里骂着土豆：“死土豆，因为你，我可爱的小屁股就这么被烧伤了。”

我喝了口咖啡消了消怒气，就听见椅子对面的老刘看着窗外的河面，无奈地说：“其实，我找过她。”

原来，土豆走后，老刘突然发现自己爱上了这个让他患得患失的姑娘。完成与未婚妻的约定后，老刘收拾行李去了北方。

他不知道土豆的老家在哪里，只能通过遨游北方这种笨办法，来试图找到那份曾经唾手可及的爱情。

只可惜上天不作美，绕了大半个北方之后，老刘依然没有找到熟悉的身影。失魂落魄的时候，老刘回到厦门老家开了家花店，取名为土豆花。

老刘说，他希望未来的某一天，能够在阳光下真真实实地为土豆献上一束花，而不是只在梦中。

很幸运，老刘这句不经意间说的话被命运听见了。

两年后的某天下午，坐在椅子上晒太阳的老刘在落地窗前看到了一个名叫土豆的女人，满头尘土地背着双肩包站在落地窗前，一如多年前在珠穆朗玛峰的那个傍晚。

老刘和土豆隔着玻璃窗，彼此一个劲地傻笑。几分钟后，老刘从花店走出来，自然地接过土豆的包，说：“回来了。”

“嗯，晚上吃什么？”

“随便。”

“我这可没有随便的菜哟。”

话罢，老刘从抽屉里拿出一个带着雪球装饰的钥匙递到土豆的手上，挑了挑眉毛说：“这是咱家的钥匙，回家做饭吧。”

两年的时间对于老刘而言，就像是土豆出去买菜时迷了个路，但到最后还是兜兜转转地回来了。

真好。

07

为了庆贺土豆归来，当天老刘特地早早地关了花店的门，买了土豆最喜欢吃的鱼回到了家中。

短短的几个小时，老刘的家里就变成了另外一个样子。冰箱里的瓜果蔬菜一应俱全，电视机上新摆放了几个超级有情调的饰品，土豆围着围裙在厨房里叮叮咚咚地炒着菜，煮着饭。

老刘将鱼放在冰箱里，从背后抱起土豆说：“土豆，我们结婚吧。”

土豆没回复，将做好的菜放到盘子里，像是下了很大决心一样，说：“老刘，你的未婚妻是不是叫米佳？”

老刘皱了皱眉，点了点头。

土豆坐下来，猛灌了两杯啤酒后，冲着老刘平静地说：“老刘，我的心脏是米佳的。”

原来，几年前米佳死的时候，北城患有心脏病的土豆正因为缺少合适的心脏而进入了等死的阶段。

上天见她可怜，在她临死前为她发来了一枚合适的心脏，据说捐献者是在登山时遇到了暴风雪，没能及时逃脱而离开了人世。

从那以后，换上了新心脏的土豆就莫名地对藏区有了一种特殊的情感。她觉得，自己一定要在有生之年去那里看一看。

再后来，土豆就背着双肩背包出现在了西藏，遇上了在履行承诺的老刘。

短短几天，她竟然对素未谋面的老刘产生了好感，后来的后来，这种好感又渐渐地演变成了喜欢和爱。

土豆以为这就是传说中的一见钟情，直到后来她再次回家的时候，无意间听母亲提起为自己捐献心脏的人叫米佳，这才突然想起老刘口中的那个未婚妻米佳。

为自己捐献心脏的米佳和老刘口中的米佳是一个人。

那么她呢？她算什么？

整整纠结了两年后，她决定把这个答案告诉老刘。于是她又跟着自己的直觉从北城风尘仆仆地来到厦门，遇到了正在落地窗前晒太阳的老刘。

再后来，她就围着围裙坐在桌子前，心平气和地同老刘说着以上的种种。

末了，老刘抬起头，看着土豆一脸温柔地说：“可是，为什么我还是想要和你结婚？”

土豆一愣，又灌了两杯啤酒，打了个嗝，说：“我们明天就去民政局扯证。”

果然。

第二天傍晚，土豆就从一个单身人士变成了一个有家室的女人。

就在我们满心期待着喝土豆喜酒的时候，这货又特立独行地带着老刘去美国旅行了。

旅行回来的第三个月，执行能力超棒的土豆就从一个人变成了两个人。六个月的时候，土豆和老刘去照了全家福，照片上土豆骄傲地挺着大肚子，老刘满脸委屈地跪着键盘。

土豆说，这就是他们生活的真实写照。

在她与老刘的世界里，土豆永远是对的，永远是香的。老刘永远都是为她忙前忙后的男人。

老刘说，这就叫爱。

08

土豆给儿子办满月酒的时候，邀请我们去她家。

她坐在床上抱着孩子，脸上出现了婴儿肥，老刘在旁边时不时地给她盖上被子，眼睛里写满了关爱与焦急。

嬉笑打闹了一番后，老刘把我们从卧室轰到客厅，霸气十足地说他老婆需要休息。

我们可是“千里迢迢”步行了半个多小时过来的，这么对待贵宾真的好么?

老刘直接忽略我们的抱怨和白眼，转过身去厨房哼着小曲给至亲至爱的儿子泡奶粉。

土豆从房间里走出来，叉着腰靠在门口，冲着我们笑笑说：“真是个傻子。”

老刘拿着奶粉走过来，撒着娇：“那你喜欢我这个傻子么？”

“不喜欢，所以才会生个儿子这辈子都牵绊你。”

我们看着眼前这对秀恩爱无下限的夫妻，突然觉得，原来这就是爱情最深的含义。

生活是一个圈，有缘人不管兜兜转转多少次，依旧会停留在彼此相遇的原点。

你要相信，缘分这个神奇的东西，总是会恰逢其时地让我们牵手最对的人。

世界上有那么多的错过，但心挂彼此的人无论翻过多少座山，走过多少条河，踏过多少个桥，还是会在人生的某个地方相遇，然后顺理成章地牵手走过剩下的路。

不遗憾，我遇见的是你。

很庆幸，到最后没有错过你。

这辈子，愿你活成自己想要的模样

> 人哪，就活这一辈子，
> 干吗不活成自己想要的模样呢？

01

白小白觉得自己除了白之外，一无所有。而事实上，也确实如此。

白小白生得俊俏，又因为会来事，颇得人们的喜爱。小学时她的异性缘就非常好，常常有男生追在她屁股后面，送狗尾巴草编织的戒指当定情物，当时白小白懵懵懂懂地觉得，爱情就是天，就是地，就是一切。

所以她时常幻想着自己以后的婚礼，她说：“一定是那种西式的教堂婚礼，一定是爸爸拉着她的手交到新郎的手上，一定是含着泪花依依不舍的状态。”

说起对婚姻的憧憬时，白小白眼睛里是放光的。然而当她每次放学回到家时，就知道什么叫“只能想想而已”了。

父亲常年酗酒，家里就靠母亲拼死拼活地在外工作，用微薄的工资勉强地支撑着这个几近破碎的家。

白小白抬头看了看屋顶上大大小小的蜘蛛网，十几年前用破旧的砖头垒起来的炕头，都因为岁月的击打而变得倾斜了。父亲一如既往地顶着一头乱糟糟的头发，一动不动地躺在炕头上，犹如死人一般。

白小白去厨房洗了洗手，开始切菜，偶尔有一两滴眼泪流下来，她觉得，大概是那天的洋葱有些辣眼睛。

02

12岁那年，白小白对着蛋糕许下愿望：想要用一切换取自己快点长大。于是她努力地长，拼命地长。

与同龄的孩子相比，她懂事太多，她知道每一分钱都要存起来，她知道衣服不能买太多，她知道努力学习才有出路。

于是，她和自己的初恋男友——小学同学炎哥分了手。确切地说，是她从炎哥的世界里消失了。

而后，她就如同一部励志剧，每天起得比鸡早，睡得比狗晚，每天背单词、背课本、做练习题。那几年，她把日子过成了一个循环，单调而又充实。

她用尽洪荒之力，成绩从原本的吊车尾一下子成为了年级的前几，老师的夸奖、同学的赞美时时刻刻围绕着她，但她总是觉得孤独，一种从骨子里散发出来的孤独。

有人说，孤独是一个人的狂欢。白小白说，那么久的时间里，她只尝到了孤独，却丝毫没有狂欢的感觉。她喜欢一个人，她不喜欢一个人，她都必须孤独地在这个世界上行走，因为她清楚明白地知道，偌大的世界里，除了自己，还是自己。

03

上大学报到的那天，白小白一个人拉着行李箱站在学校门口，看着别人的爸爸拉着行李箱，搬着各种各样的行李，穿戴是那么干净、整齐。

她在心里喃喃自语：那是别人的爸爸，是别人的爸爸。这样的人生她从来没有奢求过，那么久的时光里，她唯一的愿望就是爸爸可以保持正常、清醒的状态，哪怕只有一天。

她不知道自己上辈子造了什么孽，上天没有丝毫满足她愿望的迹象，尽管她的愿望放在红尘中，显得那么微不足道。

在大学四年里，也有一些男生明着暗着对白小白好，但是她总是一张扑克脸，拒人于千里之外。大多时候，她都是独来独往。就这样，她一单就单了四年。

总有人问她为什么，她总是弯着嘴笑一下，默不作声。她在心里无数次地问自己："我这样的人，有什么资格谈恋爱呢？"

别说谈恋爱，白小白觉得单单是喜欢别人，对她这样的人来说，好像就已经是犯了天大的罪了。

一个"渣男"的女儿，有什么资格谈恋爱呢？

04

毕业以后，白小白进了一家外企，在离家千里之外的广州。

“做个广漂也不错，离家远，无牵无挂。”白小白安慰自己道。

就这样，白小白从北方的城市搬到了成都，再搬到了广州。每一次搬迁，白小白的情绪都犹如深海的底部一般，宁静得没有半丝波澜。

如果非要说有什么能够激起波澜的时刻，那就是家中偶尔会传来她爸的消息——他总是醉醺醺地给她打电话，刻意而又不刻意地提醒她：你永远都得过这样的生活，无论你多么努力，你还是一样要过这样的生活！

每每这个时候，白小白都会觉得自己见不到明天的太阳。她掰着手指计算，自己已经45岁了，45岁的单身女子，社会对她们的包容度非常小。事情做得好，是理所应当，事情做得不好，是岂有此理。

白小白看了一眼自己的全身家当，突然莫名地笑起来，脸上多了两行亮晶晶的东西，在阳光下多少有些讽刺。

05

Hey，这么久你还是一个人么？

你在北上广，还是在二三线城市？

你是孤独的一个人，还是幸运地牵手了另一半？

你过得好么?

中国有句古话叫：父母在，不远游。但是，纵观现代社会，有多少人是因为父母而选择远走他乡呢?

俗话说：天下无不是的父母。在我看来，这是21世纪最大的谎言，不然怎么会有“有家不能归”一词呢?

我们打小的教育理念就是父母全是对的，事事都要听从父母的安排：所以才会有很多人为了给父母长面子，违心地去考公务员；所以才会有很多人违心地嫁给一个自己不喜欢的人。就是为了父母的那句“年纪大了，太丢人”。

在这种教育理念的灌输之下，大多数的孩子都活成了父母想要的样子，过着父母想过的生活。

可是然后呢?

然后你就会和自己的生活渐行渐远，望着自己曾经的梦想支离破碎，睡前想和人谈谈心，却发现对面那个男人已经呼呼大睡，就这样，过了一辈子。

有的时候，应该适时坚持一下，坚持一下自己的生活，坚持一下自己的梦想，坚持等一下自己想嫁的人。

人哪，就活这一辈子，干吗不活成自己想要的模样呢?